不安之书

[葡] 费尔南多·佩索阿 著

Book of Disquiet

罗伟 译

北京理工大学出版社
BEIJING INSTITUTE OF TECHNOLOGY PRESS

版权专有 侵权必究

图书在版编目（CIP）数据

不安之书 /(葡) 费尔南多·佩索阿著；罗伟译. -- 北京：北京理工大学出版社，2022.11
ISBN 978-7-5763-1638-4

Ⅰ.①不… Ⅱ.①费… ②罗… Ⅲ.①散文集—葡萄牙—现代 Ⅳ.①I552.65

中国版本图书馆CIP数据核字（2022）第154168号

出版发行 /	北京理工大学出版社有限责任公司
社　　址 /	北京市海淀区中关村南大街5号
邮　　编 /	100081
电　　话 /	（010）68914775（总编室）
	（010）82562903（教材售后服务热线）
	（010）68944723（其他图书服务热线）
网　　址 /	http://www.bitpress.com.cn
经　　销 /	全国各地新华书店
印　　刷 /	三河市金元印装有限公司
开　　本 /	880毫米×1230毫米　1/32
印　　张 /	8.25
字　　数 /	182千字
版　　次 /	2022年11月第1版　2022年11月第1次印刷
定　　价 /	39.00元

责任编辑 / 李慧智
文案编辑 / 李慧智
责任校对 / 刘亚男
责任印制 / 施胜娟

图书出现印装质量问题，请拨打售后服务热线，本社负责调换

序

提到葡萄牙这个国家,中国人对它的印象大部分与澳门有关。作为亚欧大陆最西端的国家,葡萄牙与中国的距离的确是非常遥远的。不过,作为一个很早就漂洋过海,一心想建立海洋帝国的国家,葡萄牙很早就开始主动接触中国了。1514年,来华的葡萄牙人多默·皮列士(Thomas Pirez)写了一本介绍中国的书——《东方志——从红海到中国》,从而让葡萄牙人开始了解中国。就在同一个世纪,澳门被葡萄牙人强占,从此以后,包括葡萄牙文学在内的葡萄牙文化,也开始慢慢为中国人所知。

葡萄牙文学的历史几乎和葡萄牙语的历史一样古老,在长达八百余年的时间里,葡萄牙这个至今仅有千万人口的小国可谓名家辈出。16世纪,迄今为止最伟大的葡萄牙文学家——路易·德·卡蒙斯(Luís de Camões)(1524/1525—1580年)横空出世了。卡蒙斯是一位天才诗人,仅仅因为在文学上的建树他便被尊称为"葡萄牙国父"。时至今日,卡蒙斯文学奖仍然是葡萄牙乃至整个葡萄牙语世界最有影响力的文学奖项。最近几十年来,我国引进了许多葡萄牙文学作品,其中就包括卡蒙斯最著名的作品《卢济塔尼亚人之歌》。

相比较卡蒙斯而言，本书的作者佩索阿在国内的知名度可能要低很多。佩索阿的全名是费尔南多·安东尼奥·诺格伊拉·德·西布拉·佩索阿（Fernando Antonio Nogueira De Seabra Pessoa），1888年6月13日出生于里斯本。佩索阿五岁那年，父亲因为肺结核去世，家道由此中落。七岁那年，佩索阿写下了自己的处女诗作。八岁时，母亲带着佩索阿远走他乡，来到南非的港口城市德班定居。之后近十年间，佩索阿完成了初等教育，掌握了一定程度的英语，并开始尝试用英语写作。1905年，佩索阿最终定居里斯本，与自己的一位姨妈生活在一起。在这期间，佩索阿曾短暂地上过一段时间大学，后来选择退学在家自学。

1910年起，佩索阿开始了系统的文学创作，用葡萄牙语、英语甚至法语写散文和诗。1913年（一说为1914年）开始创作其代表作《不安之书》（*Livro do Desassossego*）。1920年，佩索阿经历了人生中的第一次恋爱，恋爱对象是自己的同事——一位名叫欧菲莉亚·格罗什的女子。1929—1931年间，佩索阿曾经与格罗什再续前缘，但还没有到谈婚论嫁的地步。1935年11月30日，佩索阿因为肝硬化去世。

终其一生，佩索阿多次往来于葡萄牙和南非之间，熟练地掌握了英语，还会法语，这也奠定了他主要以葡萄牙语和英语进行文学创作的基调，同时也对他的职业产生了影响——佩索阿是一名职业的商业翻译，主要为葡萄牙的一些外贸公司服务（除了翻译，他还用英语和法语为这些公司篆写商务信函）。在依靠翻译这一职业养活自己之余，佩索阿还是一个活跃的文学家及文学批评家。

佩索阿一生的作品主要包括诗和散文两类，此外还有文学评论。

生前发表的作品主要是一些诗集,其中包括著名的《牧羊人》。包括《不安之书》之内的许多其他作品——其中大部分是和《不安之书》一样的散文随笔——都是在作者死后才发表(出版)的。

在葡萄牙文学史上,佩索阿被视为现代主义作家的领军人物之一。1915年,佩索阿与一群志同道合的诗人和艺术家一道创办了文学杂志《俄耳甫斯》(*Orpheu*)。该杂志致力于在葡萄牙传播现代主义文学,因而成为当时对抗本国旧传统文学的阵地,佩索阿在上面发表了大量作品。该杂志后来因为资金不足停办。

在葡萄牙当代作家的心目中,佩索阿也享有着崇高的地位。例如,葡萄牙著名作家、1998年诺贝尔文学奖得主(葡萄牙语世界获此殊荣的第一人)若泽·萨拉马戈(José Saramago)就曾经将佩索阿与卡夫卡和博尔赫斯这样的文学大师相提并论,认为他们能够代表20世纪的精神。

不过,佩索阿在文学方面的成就和地位,是在他去世后才得到承认的。佩索阿从来不急于出版自己的作品(其作品中只有很小一部分是他生前出版的,而在2000年前后,即佩索阿去世65年后,其作品仍有相当一部分有待出版),也不热衷于参加各种文学奖项的角逐。1934年,即佩索阿去世的前一年,他凭借一本爱国主义题材的诗集《消息》(*Mensagem*),在一场全国性比赛中获得了安慰奖;有研究者认为,《消息》是佩索阿生前出版的唯一一部作品。

尽管佩索阿生前一直以类似"隐形人"的身份混迹于文坛,但他对自己的写作能力和文学天赋一直都是非常自信的,对佩索阿而言,写作其实就是生活的一部分,因而,出版不出版、获奖不获奖,也就没什么大不了的了。

佩索阿是个心思缜密、感情细腻（甚至到了敏感的程度）、想象力特别丰富的人，他善用异名（据研究，佩索阿整个创作生涯中使用过的异名多达七十余个），喜欢采取代入式的写作手法。由于这些异名的主人大部分或多或少地带有佩索阿自己的性格特点或生活烙印，本书译者干脆将他们称为佩索阿的"分身"。

佩索阿用葡萄牙语创作的诗作主要归于这三个分身的名下：阿尔瓦罗·冈波斯（Alvaro Campos）（职业为工程师，归于其名下的作品为自由诗）、里卡多·雷耶斯（Ricardo Reis）（是一名接受过古典教育、堪称美食家的医生，归于其名下的作品为格律诗和分节诗）、阿尔伯托·卡埃罗（Alberto Caeiro）（一个牧羊人，归于其名下的作品为口语体自由诗）。佩索阿赋予了这三个分身不同的写作风格与观点，视他们为自己不同人格的化身。

而在《不安之书》中，佩索阿的主要分身叫贝尔纳多·索尔斯（Bernardo Soares）。索尔斯是里斯本一家仓库（仓储公司）的助理记账员（之前有译本译为"会计"），他租住在杜拉多尔街（Rua dos Douradores）一栋公寓的四楼，和许多同事在一间大办公室里上班。

值得注意的是，贝尔纳多·索尔斯（Bernardo Soares）这个名字酷似费尔南多·佩索阿（Fernando Pessoa）这个名字，两者使用了大致相同的字母，读音也较为接近。佩索阿称索尔斯这个分身为自己的"半分身"，把它看成是最接近自己的一个分身。事实上，索尔斯这个分身已经不是作者本尊另外一种人格的化身了，而是其多重人格的结合体。从这个意义上来说，我们或许可以从索尔斯的身上，更多窥见佩索阿本人的样子，这也使得《不安之书》成为解读佩索阿的一把钥匙。

《不安之书》是一部随笔集，目前国内至少已经出版了三个版本的中译本：1995年，上海文艺出版社推出了当代著名作家韩少功翻译的《惶然录》。韩先生从原文中精心挑出了五分之四的篇幅翻译出来，文笔精美，可谓是珠玉在前；2014年，中国文联出版社推出了自由译者刘勇军翻译的《不安之书》，这应该是大陆推出的首个《不安之书》的全译本；除了韩译和刘译，《不安之书》的另一个中译本是译者为陈实的选译本（湖南文艺出版社，2006年出版）。而现在，诸位读者将要看到的这版，已经是国内的至少第四个中译本了。由此可见，《不安之书》还是颇受中国读者欢迎的。

佩索阿是用葡萄牙语创作《不安之书》的，其中偶尔夹杂有英文。本次选的译本是从理查德·泽尼斯（Richard Zenith）先生编写并翻译的英文全译本《不安之书》（*Book of Disquiet*）翻译过来的。

泽尼斯先生（1956年2月23日出生于华盛顿）是研究佩索阿的专家，是一位长期定居葡萄牙、精通葡萄牙语并从事葡萄牙文学研究的美裔作家、翻译家、研究者与文学评论家。佩索阿的大部分散文和诗都被泽尼斯翻译成了英文。泽尼斯的《不安之书》英译本被公认为此书最好的英译本。2012年，泽尼斯因为不懈地宣传推广佩索阿的文学作品获得了佩索阿奖。可以说，通过泽尼斯的翻译，佩索阿的作品不仅走进了英语世界，也走向了全世界。

泽尼斯编译的这本《不安之书》共计收录了近500篇随笔（其中短篇仅一两句话，长篇也不过两三千字）以及其他与《不安之书》有关的文章。此外,泽尼斯还在前言中介绍了佩索阿的生平和写作特点,简单说明了《不安之书》的写作背景。此英译本还收录了佩索阿写的前言以及他对《不安之书》的评价。泽尼斯先生的工作,为本书的翻译提供了巨大的帮助,在此,译者对他表示诚挚的谢意。

尽管佩索阿早在1913年就开始创作《不安之书》了,但这本书超过一半的篇幅都是佩索阿在生命的最后六年中(这些篇章很多都是在1930—1932年间完成的)完成的。从这个角度来说,《不安之书》可谓作者中后期创作生涯的代表作。

《不安之书》的创作时间跨度约20年,早在1914年末,佩索阿在给友人的信中就写道,他的思想状态迫使自己违背自身意愿去创作《不安之书》,但这种思想状态全然是碎片、碎片、碎片。《不安之书》的确是由几百篇碎片式分布的随笔组成的,它们在写作时间分布上可谓碎片,在题材范围方面可谓碎片,在主旨思想方面同样还是碎片。这是一部完全打破了文学传统的奇作,仿佛不是一个人写成的,而是对一个焦虑不安的灵魂之呓语的记录。用佩索阿的话来说,这是一本根本不可能存在的书,所谓的《不安之书》实乃"不存之书"。

如前所述,佩索阿的想象力异于常人,作为他写作生涯中后期的代表作,《不安之书》更是淋漓尽致地体现出了这一点。书中随处可见散发着瑰丽的想象魅力的神来之笔。此外,佩索阿还特别喜欢运用排比、反语、重复等修辞与写作手法。正如某些评论家所言,《不安之书》的写法是创造性的,会让读者体会到一种石破天惊的震撼感。从这种至今看来仍不失新意的写作手法来看,佩索阿不愧为葡萄牙现代主义文学的旗手，不愧是开宗立派的文坛巨匠。这种文风无疑给翻译带来了一定的难度，但是，本书的魅力也正在于此。

亲爱的读者们，倘若你们是初读此书，必定会觉得它和你们之前读过的所有文学作品都不太一样，你们会从它时而疯狂时而压抑、时而狂想时而写实的字里行间领略到不安之感。此外，如前所述，佩索阿在《不安之书》里创造了一个酷似自己的"半分身"索尔斯，而《不安之书》又是作者人生从成熟走向晚年时期的代表作，因此，佩索阿顺理成章地把自己的人生经历写进了此书。书中，索尔斯恰恰是工作和生活在里斯本的，个别篇章提到了作者幼年丧父、常年和母亲姨妈等女性亲人居住在一起的经历，很多篇章都表明了作者对人生、生活、爱情的态度。种种这些，都仿佛是佩索阿自己的写照，我们不妨也可以把《不安之书》当成佩索阿的"半自传"兼"心理独白史"去读。

罗伟

2020年8月底于江苏家中

目 录

空洞无物的自白 … 001

信仰的背离 … 002

我独自写作 … 005

被上帝剥削 … 007

艺术就住在生活所在的那条街上 … 009

祷　文 … 010

蜕　变 … 010

画中的眼睛 … 010

个性与心灵 … 012

我的父亲母亲 … 013

悲伤的间奏 … 015

我嫉妒所有人 … 015

预感死亡 … 015

与死亡的约定 … 017

我看到多远，就有多大 … 019

理解与毁灭 … 020

对文明的怀想 … 021

得了一种名为浪漫主义的怪病 … 024

阅读理解 … 025

目录

一张合影 … 027

万物有灵 … 029

我不快乐 … 031

我为不完美的文章哭泣 … 031

耸耸肩 … 032

风景与心境 … 033

你的铃鼓哪儿去了 … 035

被生活毒打 … 037

上帝或诸神 … 038

无　用 … 039

沉　思 … 040

虚幻世界 … 041

我没有过去和未来 … 046

我生活的样子 … 047

梦使我迷醉 … 049

幻　灭 … 050

活着就不要思考 … 051

爱意萌发后的两三天 … 053

人工美学 … 053

写作就是遗忘 … 055

目录

被动抵抗 … 056

何必去旅行 … 057

生活不是必需的，感受才是 … 059

我的停滞期 … 060

不被理解的好处 … 062

如出一辙 … 062

担　子 … 063

那时的弥撒 … 063

梦　想 … 065

荒谬的意识 … 066

我无法停止写作 … 068

感觉的仆人 … 069

我害怕 … 071

心灵的支撑 … 072

抽象的命运 … 073

暴风雨来临前 … 074

要是早晨不会破晓就好了 … 076

新奇感 … 077

如果有人欣赏我的作品 … 078

感伤时间的流逝 … 079

目录

孤独的甜蜜 … 080

这就是我要过的人生 … 081

写作即物化梦 … 082

诗　人 … 084

内心生活 … 084

做梦有什么好处 … 085

救　赎 … 085

我喜欢散文的理由 … 086

生活不依赖于你的意志存在 … 088

艺术是替代品 … 088

我还不能放弃写作 … 089

两条真理 … 090

庄重的悲痛 … 092

爱意味着死去 … 092

体验爱 … 092

冷淡的独立性 … 096

我们已厌倦了一切 … 097

人类荒唐的灵魂 … 097

万物都是命运 … 098

行动即对抗自己 … 100

目录

用生命去阅读 … 101

一篇自传的残篇 … 101

神圣的本能 … 105

幻象生活 … 105

思　想 … 108

抚摩过基督的脚 … 108

假装去爱 … 108

我谁都不是 … 109

打盹的乞丐 … 111

记忆中的钢琴声 … 111

味　道 … 114

共　存 … 115

不存在自由的思想 … 116

有的人 … 116

今天的我少了一块 … 119

夜 … 121

死亡的自由 … 121

不要去碰生活 … 123

梦中的天才 … 124

不要去原创 … 126

◆ 目录

独立存在 ⋯ 126

财富即自由 ⋯ 127

轻蔑一切 ⋯ 128

矛盾之爱 ⋯ 128

舞　台 ⋯ 129

那个王子，他没有死 ⋯ 130

打造新的灵魂 ⋯ 131

行动家 ⋯ 132

信　仰 ⋯ 134

挫败之美 ⋯ 135

自称天才 ⋯ 135

我的灵魂是一支隐秘的乐队 ⋯ 136

寻常生活的压迫 ⋯ 137

植物人 ⋯ 137

封杀令 ⋯ 138

我们都窝藏着自己犯下的一桩罪 ⋯ 139

陌生的航行 ⋯ 140

内心的海洋 ⋯ 140

机会如金钱 ⋯ 143

行动意味着思想生病了 ⋯ 144

目录

幕间虚构作品 … 146

梦与现实 … 146

我想告诉你 … 147

头　疼 … 149

丽　蝇 … 151

感觉真是令人讨厌 … 152

厌烦不安 … 153

他　者 … 153

写作是对自己的隆重拜访 … 156

我们的爱 … 157

梦境中的事物 … 159

一封不用寄出的信 … 159

戏里戏外 … 160

向自己撒谎 … 162

关于时间的测量方式 … 162

单人纸牌游戏 … 164

春天到来 … 165

热，想脱掉它 … 166

闪　电 … 166

雨后的安宁 … 167

目 录

一条人生准则 … 168

了不起的人 … 169

没有人能理解别人 … 171

小餐馆 … 172

爱就是去占有 … 173

赞颂荒谬（一）… 175

赞颂荒谬（二）… 175

倘若我是别人 … 176

几则格言 … 177

轻微的醉意 … 178

分门别类 … 178

这条街 … 180

秋　天 … 181

烦恼是我的伙伴 … 183

生活舞台上的演员 … 183

是雾还是烟 … 183

换一种方式做梦 … 185

希　望 … 186

便宜的雪茄 … 188

我的灵魂在哭泣 … 189

目录

伤　怀 … 190

两个国王 … 191

这就是我们的生活方式 … 192

动物的快乐 … 193

一直是个孩子 … 195

街头歌手 … 195

独　处 … 197

快乐的做梦者都是悲观主义者 … 198

内心展开对话 … 201

讨厌读书 … 203

琐　事 … 204

想象的旅行 … 205

光与影 … 206

女人是梦境之源 … 206

下雨天 … 207

夜的剪影 … 211

去教堂 … 211

共　享 … 212

囚徒的消遣 … 213

过另一种生活 … 214

◆ 目录

雨过天晴 … 216

活着即可旅行 … 218

守护精灵 … 219

时光的微笑 … 221

看报纸 … 222

我是自己的虚构 … 223

灵魂现状 … 225

思想的行者 … 225

我喜欢待在城里 … 229

回顾人生 … 229

离群索居 … 230

被遗忘了的渴望 … 231

安　宁 … 233

梦想的本钱 … 235

失　眠 … 236

镜　子 … 238

愧　疚 … 238

月　貌 … 240

理发师之死 … 241

空洞无物的自白

下面所写的,都是我无聊时的随想,我之所以会写下这些,完全是为了打发时间。我不带感情色彩地做了一番空洞无物的自白,讲述了我那了无生趣的人生经历。我要交代的就是这些了,倘若诸位觉得我什么都没说,那是因为我的确没什么可说的。

——第12篇

信仰的背离

我出生时，大多数年轻人已经不信上帝了，因为他们不知道为何要信；他们的前辈和长辈们倒是信上帝的——不过，他们却不知道为何要不信上帝。然而，人们总是喜欢在感觉的驱使下，而非在经过理性思考后做出判断——此乃人心使然。因此，在这些不信上帝的年轻人中，大多数人都选择以人欲来替代上帝。不过，我却偏偏是那种总是游走在自己这个圈子边缘的人。我不光看到圈内有不少志同道合者，我还看到，在这个圈子外围还有着更加广阔的天地。因此，我这才没有像别的年轻人那样完全抛弃了上帝，此外，我的心中从来都没有给人欲留下过一席之地。在我看来，上帝或许显得不接地气，但却是可能存在的，因此，人们应当敬拜他。反观人欲，它充其量只是个生物学概念，顶多告诉我们，我们是人类。人欲根本就不值得人类敬拜，人如果要敬拜它，还不如去敬拜别的动物。敬拜人欲就意味着要礼遇自由与平等，这种信仰总是会令我大惊失色。这就好比那些把动物视为神祇，或是神祇都长着动物头的古代教派，又借尸还魂了。

于是，既然不知道如何去信仰上帝，也无意去信仰形形色色的动物（神祇），我便和圈子边缘的其他人一道，与各类事物保持着一定的距离，我们一般把这种疏远叫作堕落。堕落即彻底的麻木不仁，它才是生命的底色。倘若堕落也能思考，心脏就不用跳动了。

那么，对极个别像我这样浑浑噩噩度日、不知道该如何活着的人来说，抛开被我们放弃的生活方式、被我们思考过的命运不谈，我们这些人的生命中究竟还剩下些什么呢？我们不知道或者说无从得知，为宗教而活是什么样的，因为理性无法理解信仰；我们也无意去信仰人（欲）这一抽象概念，甚至都无法对这一概念做出回应；我们之所以还算是个人，完全是因为我们对生命还有点儿美学意义上的思考。我们对大千世界的肃然安之若素，对上帝的神性无动于衷，对人类的本性不屑一顾；我们百无聊赖地被盲目的感觉牵着鼻子走，以一种精致的享乐主义耕耘着生命之田，只是为了取悦自己的脑神经。

我们只记住了最基本的科学准则——万物终究摆脱不了各种致命的法则，可我们却偏偏不能随心所欲地去应对这些法则，因为它们决定着应对的结果——我们还知道，这一准则如何酷似那更加古老的万物宿命论这一神性法则。于是，我们便放弃了一切努力，就像铁了心不想当运动员的身体羸弱者，我们这才如同一个对感觉充满疑虑的学者，俯身研读起了感觉之书。

我们拿什么都不当回事，认为感觉才是我们唯一可以当真的现实，我们一头扎入感觉的天地，像发现了未知的疆域一样在其中游走探寻。如果我们不仅孜孜以求美学上的沉思，同时还煞费苦心地想披露这一沉思的方法与结果，那是因为我们写下了那样的诗或散文——我们之所以写它们，并不是想改变别人的意志，也无意去影响他人的理解——我们其实就像是朗读者，想通过大声朗读将阅读这一愉悦的主观感受彻底地表达出来，使之成为一个客观事实。

我们都很清楚，每一件创造出来的作品都是不完美的，而我们最拿捏不准的美学沉思对象莫过于我们所写的文章了。但是，话说回来，万物都是不完美的。落日没有最美的，因为总会发现更美的；轻柔拂过的微风纵然再能令人安然入睡，也总会有比它更能让人酣睡的。于是，无论是（喜欢）对着雕像还是对着群山沉思，我们都既热爱书本又留恋过去的日子，都会梦见一切事物，并把它们化为己物。梦醒之后，我们还会写下描述与分析梦境的文章，好让梦境成为我们可以把玩的身外之物，就好比它们是某天发生过的真事一样。

悲观如维尼①者，可没有这样的心境。在维尼看来，活着无异于坐牢，他在生活的牢笼中只好编编草绳，如此方能在不停的劳动中忘却尘世。做一个悲观主义者，意味着要悲观地看待万事万物，这种态度既显得过分也让人不适。尽管我们的确认为自己创作的作品没有价值，但我们创作它也的确是为了让自己不停地劳作，不过，我们可和那个在牢笼中忙于编草绳，好忘却自己命运的囚徒不一样；我们倒是像一个在枕头上绣花的姑娘，纯粹是为了让自己不要闲下来。

在我眼中，人生就好比是路边的旅店，在来自寂灭深渊的马车停在门口接我上路前，我得一直待在这里。我不知道这架马车什么时候

---

① 即阿尔弗雷德·德·维尼（Alfred de Vigny，1797—1863年），法国作家，其作品涵盖了诗、散文、剧本与小说。他爱情美梦破灭，政坛失意。法兰西学院虽然接纳了他，但态度冷淡。之后，他便深居简出，不问世事，写作基调日益悲观，鼓吹以苦为乐，逆来顺受，认为在饱受折磨的人生面前，这是人们唯一能采取的不失体面的回应态度。

会来接我，因为我一无所知。我可以把这家旅店看作是牢房，因为我不得不在这里等待马车；我也可以把它当成社交中心，因为我是在这里遇到其他人的。但是，我既没有等得不耐烦，也没有泯然于众人。有人乐意待在自己的房间里，我就任凭他们毫无睡意地瘫在床上，枯等着马车的到来；有人愿意聊天，我就随他们聚在客厅里，他们的歌声与说话声便会顺道飘荡进我耳中。我则坐在门口，睁大眼睛、支起耳朵，不放过屋内众生显出的每一抹色彩、发出的每一下声响，我还轻轻地——为我自己——哼着歌，我一边等着马车，一边写下一首首轻歌。

对所有住店的人来说，夜幕终究是要降临的，马车终究是要来接我们上路的。我领略过微风的轻拂，也享有过能够领略微风轻拂的心境，无论是微风还是心境，都是我所接受的（人生的）馈赠，于是，我再也没有什么要问的了，也不再想要寻求什么了。倘若日后其他人读到我的人生游记时，也能够会心一笑，视其为自己人生路上的消遣，那就很不错了。倘若他们没有读到它，或是读了之后没有被逗乐，那也无妨。

我独自写作

我对生活索求甚少，即便如此，也常常求之不得。不远处的一片田野、一束阳光、一丝冷静外加一点儿面包，不会因为知晓自己的存在而感到压抑，不会去从别人那里要求得到什么，也不会让别人从我这里要走什么——所有这些都与我无缘。这就好比我们很少会对乞丐慷慨解囊，不是因为我们心肠狠硬，而是因为我们不喜欢解开外衣的扣子。

我心里难受，憋在自己这间安静的屋子里写东西。我就这么独自写作，好比一直以来我就这么孤单，好比从今往后我就要这么一直孤单下去。我心中疑虑，我这明显过于微弱的声音，是否难以说出千人万口的心声，难以表达出万千生灵想要表达自我的那种渴望，难以讲述千百万人的那份隐忍——他们和我一样，对日常的琐事、无用的梦境、无望的希望都能坦然接纳。想到这里，我会心跳加速，因为我意识到，这样的时刻又出现了。我对生活有着更多的感悟，因为我有着更高的人生理想。我觉得心中有一股宗教的力量在翻腾，想要做一番祷告，或是当众大声疾呼。但是，我的理智很快就把我打回了原形……

我醒悟过来了。我①住在杜拉多尔街上一栋楼房的四楼，我睡眼惺忪地打量了一下自己。我从尚未写完的手稿上抬起头来，瞅瞅生活——它既没有意义，也毫无美感，再看看那个廉价的烟头——我正要把它掐灭在磨得皱皱巴巴的记账簿那头的烟灰缸里。我在这间位于四楼的屋子里，正在拷问人生！正在说出人们的感想！正像一个天才或大作家那样在写文章！我，在这里，是一个天才！……

---

① 这里的"我"是佩索阿虚构出来的一个作者。他喜欢称这些虚构人物为自己的"分身"（异名），即贝尔纳多·索尔斯（Bernardo Soares），此人住在里斯本，是一个助理记账员。佩索阿有很多分身，索尔斯是其中颇为重要的一个。——译者注

被上帝剥削

今天,我又做了个白日梦——这只是构成我大部分心理活动(内在生活)的不计其数、一文不值的白日梦中的一个。我梦见自己永远离开了杜拉多尔街,离开了我的老板瓦斯克斯,离开了首席记账员莫雷拉,离开了其他雇员,离开了跑腿的伙计、办公室的小伙计和那只猫。我在梦里体验到了自由,就好比是南方的海洋里散布着不少神奇的岛屿,等着我去一探究竟。这种体验将带来一种平静且带有艺术品位的成就感,是我作为人类这种高智商的物种才能享有的。

可是,就在我在一家小餐馆享受中午难得的一小段闲暇时光,脑子里正胡思乱想着这些情景的时候,还是有一丝不悦的想法闯入了我的白日梦:我意识到,梦醒后我会感到还没有过足瘾。是的,我说的就像我真的遇到了这样的情况:我会感到还没有过足瘾。我的老板瓦斯克斯、首席记账员莫雷拉、出纳员伯吉斯、所有那些年轻人(雇员)、那个给邮局送信的兴冲冲的小伙子、跑腿的伙计、那只温柔可人的猫——所有这些都已经融入了我的生活。我不会一声不吭就离开他们,我在离开他们时都不可能不会觉得(无论我是否喜欢这种感觉),我自己的一部分将仍然和他们在一起,而让我和他们脱离关系,则无异于把自己整个半死。

再说了,假如明天我就和他们告别,脱下我这身杜拉多尔街的工作服,那我最后要从事其他什么营生呢(因为我总归是要做点儿什么的)?或者说,我最终又会穿上什么样的工作服呢(因为我终究是要穿上工作服的)?

我们每个人都有瓦斯克斯这样一个老板——有的人能看到他,有的人看不到他。我的老板就叫瓦斯克斯,他是个身体结实且讨人喜爱的人,偶尔会着急上火,但从不耍两面派。他虽然关心自己的利益,倒也还能做到大体公平、怀揣正义;而很多伟大的天才和人类文明中的璀璨巨星,却缺少这种正义感,他们为人处世毫无节制、不是极左就是极右。还有人受到虚荣的感召,或是被财富、荣誉、不朽所迷惑。就我而言,我宁可选这个叫瓦斯克斯的人做我的老板,遇到困难时,他比这世上形形色色、有名无实的老板更好商量。

我有一个朋友是一家春风得意的企业的合伙人,那家企业与政府有许多业务往来。几天前,想必是料定我挣得太少了,这位朋友对我说:"你被剥削了,索尔斯。"我回想了一下,的确如此。但是,既然我们每个人一辈子都免不了要被利用、受剥削,那么与其被虚荣、荣誉、憎恨、嫉妒或无奈利用,我宁可被瓦斯克斯及其公司剥削,后者未必比前者更加糟糕。

还有人被上帝本尊利用,这些人便是这虚空世上的先知和圣徒。

就像别人回到自己家中一样,我也撤回了我的"非家"中——杜拉多尔街上的那间大办公室。我来到我的办公桌前,就仿佛是来到了一座抵御生活的堡垒面前。我有触碰不得的弱点——一碰就掉泪——我看到我的那本记着别人账目的账本就会掉泪,我看到自己用旧了的墨水瓶架也会掉泪,我看到塞尔吉欧的驼背还会掉泪——塞尔吉欧坐在离我稍远的地方草拟发票。我爱所有这一切,也许是因为我没有别的可爱了,也许还因为没有什么值得我用心去爱。

因此，如果我们居然觉得自己迫不及待地想去爱什么的话，那么不管爱什么都一样：无论是我那小小的墨水瓶架，还是夜空中无数不通人情的星星。

艺术就住在生活所在的那条街上

啊，我懂了！我的老板瓦斯克斯就是生活——单调乏味却又不可或缺、蛮不讲理且难以捉摸的生活。这个平庸之辈就象征着生活的平淡乏味。在我眼中，他就是一切，就是对外的言说。因为对我而言，生活就是所有身外之物。

如果说，对我而言，杜拉多尔街上的那间办公室象征着生活，那么，同样位于这条街上的那个位于四楼①的房间，就代表着艺术。是的，艺术就住在生活所在的那条街上，只不过不在一处。艺术从生活中来，它抚慰了我，但并未夺去我的生计。它也像生活本身一样单调乏味，只是身处别处。是的，在我看来，杜拉多尔街上有万物的意义和所有谜语的谜底，唯独缺了世上为何会存在谜语这一谜语的谜底，这个谜底是永远无法揭晓的。

---

① 原文写作"二楼"，可能是作者的疏忽，因为文中提到索尔斯居住的出租屋的其他各处，都说他住在四楼。

祷　文

我们从来没有弄懂，何为自知之明。
我们是一对深渊——一口盯着天空的井。

蜕　变

我一寸一寸地逐步克服了自己与生俱来的脾气秉性。我一点儿一点儿地爬出了令人萎靡不振的泥淖。我释放出了那个有着无限可能的自己，但我得用钳子把自己从旧的躯壳中拽出来。

画中的眼睛

那是一幅糟糕透顶的石版画。我虽然盯着它，却不知道自己是否在看它。它是商店窗户上贴着的许多画中的一幅——就在楼梯台阶下那扇窗户的中间。

画中的女人把春花搂在胸前，眼神悲伤地盯着我。她的微笑灿烂夺目——因为画纸是光面纸。她的双颊红润，身后的天空如布，是淡蓝色的。她长着一张棱角分明的樱桃小嘴，摆出明信片上常见的表情，再往上，她的眼睛始终盯着我，眼神中藏着深深的哀伤。女人拿着花的那只胳膊，让我想起其他女人的胳膊。她穿着一件低领衫（裙），露出了一边的肩膀。她的双眼真的充满了悲伤：它们从画面深处盯着我，隐藏着某种真相。她带着春花而来。她的眼睛很大，但这并非她眼中充满悲伤的原因。

我拔腿就跑，逃离了这扇窗户。我走到街对面，强作镇定地回头再看。她仍然拿着别人给她的那束春花，眼神是悲伤的。我在生活中但凡错过了什么时，也是这种眼神。从远处看，这幅石版画变得更加多彩艳丽了。女人用再粉嫩不过的丝带把头发束在了头顶上，我之前倒没有注意到这一点。人类的眼睛——甚至石版画中人物的眼睛也是如此——藏着可怕的信息：每双眼睛都必定会有意识地发出警告，好似在一片静寂中发出一声呐喊，告诉人们这里有一个人。我费了好大的劲儿才把自己从沉睡中唤醒，我像狗一样抖抖身子，将发黑的雾气甩掉。显然，在看到我要离开时，生活中这些悲伤的眼睛——我们从远处观察的这幅具有玄学意味的石版画上的眼睛——就像和别的什么告别一样，就那样盯着我，好像我参透了上帝的一些奥秘一样。

这件印刷品的底部印有日历，上下两边镶着两条弯曲幅度很小、颜色涂得乱七八糟的边线。就在这样的两条边线当中，在1929年字样和那为了美化必然要出现的1月1日字样的那个过时的书法图案的上方，那双悲伤的眼睛暗含讽刺，冲我微笑着。

有意思的是，我其实早在别处就见过画中的这个女郎了。我办公室后方的墙角上，也有一幅一模一样的挂历，我看过无数次了。但是，可能是因为石版画有些玄妙，也可能是因为我自己有些神秘兮兮，我办公室里的这幅画上女郎的眼睛倒是没有流露出伤心之情。那仅仅就是一幅石版画。（这幅画印在光面纸上，挂在左撇子阿勒夫斯的工位上方，看上去无精打采，像是在浑浑噩噩地混日子。）

所有这一切都让我想笑，可我却感到无比焦虑。我心里一凉，觉得我的灵魂突然病了。我无力摆脱这种荒谬感。我正违心地从什么样的窗户后面，俯瞰着上帝才知道的哪个秘密？楼梯下的那扇窗户通往何方？从石版画中盯着我看的，是一双什么样的眼睛？我其实已经在发抖了。我不禁抬起头来，看着办公室远端挂着那幅石版画的墙角。我就这样一直仰着头，看着办公室里挂着那幅石版画的墙角。我就这样一直仰着头看着那个角落。

个性与心灵

让每一份感情都拥有个性，让每一种心境都拥有心灵！

一大群女孩子快要走过去了。她们边走边唱，发出欢快的声音。我不知道她们是谁，也不知道她们可能会是什么样的人。我站在远处听她们唱了一阵子，觉得自己变得麻木没有感情了，可却为她们感到哀伤，这种感觉挥之不去，压在我的心头。

是为她们的未来感到哀伤吗？是为她们的了无牵挂感到哀伤吗？

也许，最终我不是冲着她们去的，而只是替我自己感到哀伤。

我的父亲母亲

我悲哀地（或许谈不上悲哀）意识到，我有一颗寡淡的心。在我心中，一个形容词胜过一个人发自肺腑的哭泣。我的主人维埃拉[①]……

可是，有时候我又像换了一个人。有时候，我会流下那些没有母亲以及从未有过母亲的人才会流下的热泪；我的双眼被这些已被点燃过、干涸在心中的眼泪灼热。

我不记得我母亲的模样了，她在我一岁时就死了。我之所以见异思迁、冷漠无情，就是因为我缺少温暖的母爱，就是因为我在已经淡忘了母亲给我的那些亲吻后，还在徒劳地渴望着母亲能再次吻我。我是个虚情假意的人。我总是抵着陌生女人的乳房醒来，我发现自己依偎着它们，就好比它们是我的寄托一样。

啊，是什么让我心烦意乱，备受折磨？恰恰是因为我渴望能变回自

---

① 维埃拉（1608—1697年），生于葡萄牙里斯本，6岁到巴西，1635年成为耶稣会神父。他遗留了27本著作，主要有《传道集》《书信集》《未来的历史》等。——英译者著

己曾经的样子！倘若我得到了自娘胎而来，并通过无数次亲吻落在婴儿时代的我的脸上的那份疼爱，那我现在又会是个什么样的人呢？

我对从未做过（母亲的）儿子这件事耿耿于怀，也许，这在很大程度上造成了我在情感方面的麻木冷漠。无论哪个妇人，都尽可以把我抱着贴着她的面颊，但却不能让我贴近她的心。只有远方墓穴中的那个她，才能令我与她贴心——如果不是造化弄人，她原本是属于我的。后来，他们告诉我，我的母亲长得漂亮。他们还说，我在听到他们说这话时，默默无语。

那时，我的身心已经颇为成熟了，但对感情仍然懵懂无知。那时，人们说的话还算可信，还不是从别的难以想象的小道消息听来的传言。

我父亲住在很远的地方，他在我三岁那年自杀了，因此我从未见过他。我到现在仍然不明白，为何他要住在那么远的地方。我也从未真正想要探明真相。我记得当年，在听说了他的死讯后，我们一连几顿饭都是在死寂的气氛中咽下食物的。我记得，其他家人时不时地会看看我，我也会目光呆滞地回看他们，表示我懂他们的意思。之后我便会更加专注地吃饭，因为哪怕我不回看他们，他们也照样可能在看我。

喜欢也罢，不喜欢也罢，总之，藏在我那令人费解的无药可救的情感深处的，就是这些事情。

悲伤的间奏

我是被扔进角落的一个物体,是掉在路上的一块抹布。我这个粗鄙不堪的家伙,对着这个世界装腔作势。

我嫉妒所有人

我嫉妒所有人,因为我不是他们中的一员。因为对我来说,成为他们中的一员,似乎一直是所有不可能成真的事情中最无望实现的。我天天都渴求自己能和他们一样,每逢悲痛来袭,我更是无比渴望能变成他们。

一束阴郁无情的阳光射来,灼得我眼睛刺痛,失去了视觉。墨绿色的树荫深处,禁锢着一抹火热的黄色,死气沉沉……

预感死亡

有时候我觉得,不确定为何会这样,我预感到了死亡……也许,这是一种尚不确定的疾病，因为它没有造成实实在在的痛感，因而便化为了精神方面的虚无，成了归宿。抑或是，我只是太疲倦了，需要补上一个无比香甜的漫漫长觉才能缓过来。我只知道，我如同一个病情一直在持续恶化的病人，熬到最后无药可救，只好认命，撒开一直攥着床单、早已虚弱无力的双手。

然后，我就在想，我们称之为死亡的这种现象，究竟是怎么回事。我不是想要探究死亡的秘密，对此我无法展开调查，我只想弄明白，不再活着是一种什么样的生理感受。人天生怕死，但又不是绝对地怕死。普通人能在战斗中成长为优秀的士兵，普通人病了或是老了，很少会带着惧意去看那虚无的深渊，尽管他承认，那里的确空无一物。普通人之所以如此，是因为缺乏想象力。对一个喜欢开动脑筋的人而言，最天马行空的想象莫过于将死亡视作沉睡了。为何沉睡（即便是死亡）不像是睡觉呢？

说到睡觉，一个基本的常识就是，我们睡一觉后会醒来，同样，我们若是死了，很可能就醒不来了。如果死去就像是睡着了，那我们就该想到，我们死后还会醒来。但是，普通人不这么想，普通人把死亡想象成没有人会醒来的沉睡，死亡便意味着永远消亡。我说过，死亡不像是沉睡，因为沉睡的人是活着的，只是睡着了而已。但我也不知道，我们是否能找到一种与死亡类似的现象，因为活着的人都没有经历过死亡，我们也拿不出可与死亡比较的现象。

似乎，每当我看到一具死尸，都会把死亡看作是一次出走。尸体在我眼中就像是一件被丢下的衣服。有人走了，他不需要穿这件衣服，只是穿了自己想穿的那件走了。

与死亡的约定

只有在用不讲个人卫生打比方的情况下，我才能理解，沉迷于自己所过的这种一成不变的平淡生活中，甘愿委身于这层粘在永远不变这一现象之表面的灰尘或污物中的我，是怎样的一副尊容。

我们应该像清洗自己的身体那样去洗涤我们的命运，要像更换衣服那样去更新生命——不是像我们吃饭和睡觉那样去维系生命，而是出于自尊的客观需要去净化生命。讲究个人卫生对人们的要求，不外乎如此而已。

很多人之所以不讲卫生，并不是因为他们选择要做一个不讲卫生的人，而是因为他们理解能力有限，对讲卫生这件事只能耸耸肩，表示无可奈何。还有很多人之所以过着沉闷乏味、数年如一日的生活，既不是因为他们想过这样的生活，也不是因为他们不想过上像样的生活，而只是因为他们的自我意识浑浑噩噩、反应迟钝，并且不自觉地与理智作对。

有的猪尽管非常厌恶自己的污物，但又不躲开它，这是因为这种厌恶感太强烈了，连猪自己都被它麻痹了；这就好比一个深陷恐惧之中的人，会愣在原地而非逃离险境。有的猪和我一样，任由自身的命运摆布，无意打破平庸的日常生活，这是因为它们被自己的无能为力搞晕了。它们就像是一想到蛇就飞不动的"惊蛇之鸟"，就像是只顾在枝头盘旋而忘了观察其他事物，直至最后落入变色龙那黏糊糊的舌头的攻击范围内的苍蝇。以类似的方式，我让自己那有意识的无意识沿着自己心中那根常见的树枝随意游走。我也让自己那不断前行的命运随意游走，尽管我哪儿也没去；我还让自己那时刻都在流逝的时间随意游走，尽管我待在原地没动。唯一能缓解我这种一成不变状态的，就是我对它们做出的这些简短的评论。我很感激的是，我的这间囚室的铁栏杆后面还有窗户，而在免不了会蒙在窗玻璃上的那层灰尘中，我用大写字母写下了我的名字，我每天都会签下自己的名字，这是我与死亡的约定。

　　与死亡的约定？不，这甚至都不是与死亡的约定。任何一个像我这样活着的人都不会死去：他只会萎缩、凋谢、终结。他待过的那个地方还在那里，只不过他不在那里了；他走过的那条街还在那里，只不过不见了他的踪影；他住过的那间房子里，如今住着的也不是他了。所谓的"死去"不过如此而已，我们管这叫寂灭；然而，甚至就连这一出否定的悲剧也不能被搬上舞台接受观众的鼓掌喝彩，因为我们甚至还不能确定，这是否就是寂灭。我们这些人是真理和人生的植物性象征，是窗玻璃的里外表面上堆积的灰尘，命运是我们的祖父，上帝是我们的继父，混乱是我们的父亲，后来，他抛弃了妻子永恒之夜，上帝便娶了她。我要从杜拉多尔街出发，前往不可能到达的目的地……要离开我的办公桌去发现未知之物……但是，那本巨著上说了，我们是和这趟以理性分段的旅途同在的。

我看到多远,就有多大

我在不太情愿地重读卡埃罗①写的这两行小诗时,觉得自己受到了启发,得到了释放。这两行诗句道出了在卡埃罗居住的那个小村庄里,顺理成章会发生的事情。他说,因为那是个小村庄,人们在那里看到的世界反而要比在城市里看到的更加广阔,因此,他的那座村庄比城市还大……

> 因为我看到多远,就有多大。
> 而不是我长到多高,就有多大。

此类诗句仿佛是自己跳出来的,似乎谁都可以信手拈来。它们把我潜意识中用来描述人生的那套玄妙说辞一扫而空。读罢这两行诗句,我踱步来到窗前,看着下面狭窄的街道。我又抬头看看漫无边际的夜空与不计其数的星星,感到一身轻松,油然升起一股插上翅膀一飞冲天的豪气。这想象中的双翅拍打了起来,令我浑身都跟着颤抖。

"我看到多远,就有多大!"每当我全神贯注地琢磨这句诗时,似乎就会更加确信,这句诗就是冲着要重塑这满是星星的宇宙写的。"我看到多远,就有多大!"这句诗里蕴含着多么丰厚的思想内涵

---

① 即阿尔伯托·卡埃罗(Alberto Caeiro),佩索阿的诗人分身之一,根据设定,卡埃罗居住在乡间。下面引用的诗句出自《牧羊人》(*The Keeper of Sheep*)(佩索阿的组诗)的第七首诗。

啊，上穷遥远天际的星星，下至孕育着强烈感情的深井。这些星星倒映在井中，因而从某种意义上来说，井里也有了星星。

现在，我总算知道我是能够看到这么远的。于是，我仰头看着天上那客观世界的巨大奥妙，心里踏实了不少，甚至想唱着歌死去。"我看到多远，就有多大！"

而那朦胧的、全然是属于我的月光，则开始把深蓝色的地平线渲染得模糊不清了。

我想振臂高呼，喊出大胆而陌生的话语，想与高高在上的神秘力量说话。我想断言，这虚空之物漫无边际的扩张中，蕴含着一种新的无所不包的秉性。

但是，我还是控制住自己，冷静了下来。"我看到多远，就有多大！"这句诗成了我的整副灵魂，我的全部情感都寄托在它上面。随着夜幕的降临，冷酷的月光开始普照大地，一股难以察觉的平静之气也随之注入了我的内心，同时也笼罩了身外的城市。

理解与毁灭

为了理解，我毁灭了自己。要理解，就要忘记爱。我不知道，还有哪句话比莱昂纳多·达·芬奇的那句话更加漏洞百出但同时也一针见血了。他说：在我们弄懂某件事物前，我们既不会爱上它，也恨不了它。独居会毁了我,但有人陪伴又让我感到压抑。一有别人在场,我就无法思考;我会用一种奇怪的心不在焉的状态去梦想有人在场时的情景,那种情况下,我的那种分析细究式的思考方式,根本就发挥不了作用。

对文明的怀想

一只萤火虫每隔一阵子就飞到我前面去,很有规律。我周围这片黑暗的乡野万籁俱寂,几乎散发出了令人陶醉的味道。所有这一切都很安宁祥和,但同时也令人痛苦压抑。一种难以形容的乏味感令我窒息。

我很少下乡,几乎从未在乡下度过一整天或过夜。但是,由于我待着的这间屋子的那位朋友不想让我拂了他的好意邀请,今天我便来到了这里。我感觉无比尴尬,就像是一个即将赶赴盛宴的害羞之人。我刚到这里时情绪饱满,我畅快地呼吸了新鲜的空气,也饱览了视野开阔的乡间景色,我还享用了丰盛的午餐和晚餐。可是现在,在深夜,在我没有开灯的房间里,充满不确定性的周边环境却让我的心中充满了焦虑。

我今晚将下榻的那个房间的窗户,面朝着这片开阔的乡野;面朝着一片满是田地、无边无际的旷野;面朝着广阔无垠、星光朦胧的夜色。人们能在这夜色中感受到一阵轻微声息的轻风。我坐在窗边，调动起我的各种感官，品味着窗外那宇宙生活中的虚无。此时此刻，一种打破沉静的和声，从万物身上那可见的或不可见的部分，传播到了白色窗台那略微有些高低不平的木板上，我的左手正斜搭在这窗台上，按在那开裂了的旧漆层上。

然而，曾几何时，我频频充满渴望地想象过这幅我几乎要从中逃离的安宁场景。倘若我可以轻松自如地想象到这幅场景，那该有多好啊！曾几何时，当我回到家里，身处高层建筑和狭窄街道的包围之中时，我又频频设想过，要是能在这里的自然事物当中发现安宁、写作散文、拥有确定的现实就好了；我可不想在那里（乡村）的自然事物中发现安宁、写作散文、拥有确定的现实。因为在那里，文明的桌布会让我们遗忘了被它盖在下面的那已经上了漆的松木。而现在，我已经下乡了，而且在度过了美好而漫长的一天后，我感觉这一切虽然有益健康，但身体很疲劳；于是，我便惝惝不安，感觉自己被困住了，我想家了。

我不知道，是否只有我才会产生这样的感觉，还是说，每一个经历过文明的洗礼从而获得过重生的人都会这样。但是，在我看来——也许，在其他那些和我相像的人看来——似乎人造的东西已经变成自然的了，而现在自然的事物则显得陌生了。或者，毋宁说，并不是人造物变得自然了，其实只是自然事物改变了。我没有乘坐过机动车。我没有使用过科技产品——电话、电报——这些事物让生活变得便利了，我也没有使用过科技产品的那些充满想象力的副产品——留声机、收音机——对那些能够被这些事物取悦的人而言，它们让生活变得饶有趣味了。

我对所有这些事物都不感兴趣，它们当中没有一个能吸引我。但是，我爱特茹河，因为我爱沿着她的河岸建造的这座大城市。我以欣赏头顶上的这片天空为乐，因为我能从闹市区一条街上的四层楼上看到它。从格拉萨瞭望台或阿尔坎塔拉的圣彼得罗瞭望台①俯瞰月光下平静的城市时，映入眼帘的是一幅错落有致的壮丽景象。在我看来，无论是自然还是乡村的景象，都不能与之相提并论。在我眼中，晴朗的日子里，里斯本会焕发出它的五彩缤纷，没有花朵能与之争艳。只有在使用布料制作衣服的文化中，人们才懂得欣赏裸体之美。保守对性感而言很重要，这就好比没有阻力就谈不上动力。

要想领略自然事物的魅力，将其看作人造物是最好的方法了。无论我在这些广阔的旷野中曾领略过什么样的魅力，我之所以能有所领悟，是因为我不住在这里。从未在束缚下生活过的人，根本不知道何为自由。

文明就是在自然中开展教育，将其人造化则是欣赏自然事物的必由之路。不过，我们从来都不应当把人造的当成是自然的。

高级的人类灵魂的自然状态，正是形成于自然物与人造物之间的这种和谐共存的关系当中的。

---

① 里斯本闹市区两侧的两个瞭望台。

得了一种名为浪漫主义的怪病

当基督教如彻夜呼号的暴风骤雨般席卷人心时,人们能够感受到它在不知不觉中造成的破坏,但只有在这场风暴过后,破坏后的满目疮痍才会清晰地露出真容。有人认为,是基督教的横扫而过造成了这样的破坏,但是,基督教的横扫,其实只是令这种破坏显露了出来,而不是造成它的原因。

因此,我们这些尘世中的人心,就蒙受了这种无形的破坏,这分明是一种病痛,一种未被虚情假意的黑暗遮蔽的病痛。人心过去是什么样,在人们眼中就是什么样。

最近一段时期,人心又得了一种名为浪漫主义的怪病。浪漫主义其实就是不带幻想、毫无神秘可言的基督教,是剥去了伪装、只剩下干枯病体的基督教。

浪漫主义犯了一个原则性错误,它把我们所需要的与我们所渴求的混为一谈了。我们都需要得到一些基本的物质,好维持生计并活下去;我们都渴求一个更加完美的生活、圆满的幸福、成真的美梦以及……

想得到我们所需要的是人,渴求我们不需要但值得渴求的也是人。倘若我们同样强烈地渴求我们所需要的与值得渴求的,从而无法臻于完美,就像没有足够的面包填饱肚子时那样受罪,那我们就病了。所谓的浪漫病就是妄想得到月亮,好像真能得到它一样。

"你无法既要留着蛋糕,又要把它吃掉。"

无论是在政坛底层，还是在每个人内心的圣殿中，都能见到这种浪漫病。

阅读理解

无论我的灵魂是多么深受浪漫派作品的影响，我却仍然只有在阅读古典派作家的作品时，才能获得内心的平静。古典派作家很少有表达清楚的时候，而恰恰是这一点，居然以某种奇怪的方式抚慰了我。从他们那里，我获得了一种因生活阅历得到扩展而高兴的感觉。这种扩展了的阅历让我得以仔细查看一些广袤的开阔空间，并且无须真正地从它们当中通过。甚至就连异教的神祇也会从未知的事物中获取片刻的喘息。

专心致志地分析我们的感受（有时仅仅是想象出来的感受），将我们的心境与风景挂钩，解剖式地暴露我们所有的神经，用欲求取代意志、用渴望取代思考——所有这一切对我而言都太过熟悉了，难以勾起我的兴趣；若是别人表现出了这一切，我也同样得不到安宁。每当我感受到这一切时——恰恰因为我感受到了它们——我都情愿自己是感受到了别的事物。而当我阅读一位古典派作家的作品时，便会感受到别的事物。

我坦率并且毫不脸红地承认这一点：夏多布里昂①的作品中没有一篇，拉马丁②的诗篇中也没有一章——前者往往像是我自己的思想发出的心声，后者往往像是为了了解我而为我写作的——能像维埃拉的一篇散文那样，或是能像我们那些真正继承了贺拉斯遗志的为数甚少的其中一位古典派作家所写的某些颂诗那样，令我激动，令我鼓舞。

我阅读并从中得到了解放。我养成了客观的态度。我不再是我自己了，变得七零八落了。而我所阅读的内容，并不是那件有时会束缚我的几乎看不见的外衣。

相反，它是外部世界那引人注目的高度清晰的景象，是照耀着每个人的太阳，是向寂静的地面投下阴影的月亮，是一直延伸到海洋里的辽阔地域，是树梢摇曳着嫩绿枝头的敦厚结实的黑色大树，是田野中波澜不兴的池塘，是走道上爬满了葡萄藤的阶梯坡地。

我像一个退位的君王那样阅读着。即将逊位的国王将王冠和王袍留在地上时，它们的重要意义便前所未有地凸显出来了。有鉴于此，我便把我因为百无聊赖和善于想象而得来的所有奖杯，统统放在了前厅那铺了瓷砖的地面上；然后，我便卸下了其他所有的高贵品格，只带着善于观察这一高贵的品格爬上了楼梯。

我像一个正在经历某些事的人那样阅读着。而在古典派作家那里，在那些内心平静的人那里，在那些即便遭受了苦难也不说的人那

---

① 夏多布里昂（1768—1848年），法国作家、政治家与外交家，法国早期浪漫主义的代表作家。——译者注
② 拉马丁（1790—1869年），法国诗人、作家与政治家，法国十九世纪的第一位浪漫派抒情诗人。——译者注

里，我感觉自己像是一个圣洁的暂居客，像是一个受膏的朝圣者，像是一个认为这世界是一个不存在无果之因的世界的沉思者，像是一个即将踏上漫漫流放之路的王子——因为知道自己要走了，这位王子便做了最后一次施舍，把他留下的那些令人触景生情的物品统统给了最后一位乞丐。

一张合影

  我们公司的那个有钱的合伙人，长期饱受一种不明疾病的困扰，病一阵好一阵的。在一次不发病的间隙，他一时兴起，想和我们办公室的人拍张集体照。于是，前天，一位兴冲冲的摄影师便让我们在脏兮兮的白色隔板前站好队形，准备拍照。这块隔板是用薄薄的木板制作的，它把办公室一分为二，大的供雇员使用，小的便是老板森霍尔·瓦斯克斯的私人办公室。站在中间的便是瓦斯克斯本人，在他左右的其他人都各按其类站好，先是职责明确的，后是职责不明的。这些人每天都来这里上班，宛如一人那样去完成各项小任务，他们的终极目标是一窥诸神的秘密。

  今天，我比平时稍晚一些来到办公室，我基本上已经忘了那张拍了两次的照片所定格的场景。我发现，莫雷拉（他今天来得格外早）和一名销售代表正偷偷地俯身看着什么黑乎乎的纸片。我心里一惊，立刻意识到他们看的，应该就是首批洗出来的照片样张。事实上，他们看的是同一次拍摄的两张样张，就是效果更好的那一次拍摄。

当我在样张上看到自己时，我被自己的亲眼所见吓到了，因为我首先要找的自然是自己的脸。尽管我从不认为自己有多好看，但我还是从未觉得，在那张照片中，在我的同事们那熟悉面庞的旁边，在那些成排的日常面部表情当中，我的那张脸也显得太过平淡无奇了吧。我看上去像是一个长相平庸的耶稣会士。我的那张脸瘦削憔悴，毫无表情，既没有聪明相，也不够紧张，还没有其他特征，根本无法从一波毫无生气的面孔中脱颖而出。

果真毫无生气吗？不。这张照片里，其实还是有几张面孔的确可谓表情丰富。森霍尔·瓦斯克斯的面相看上去和他本人一样——一张乐呵呵的阔脸，五官分明，目光坚定，整张脸以硬挺的胡子收尾。尽管如此，这个男人身上的那股精明和精力——真是非常司空见惯，在全世界成千上万的男人的身上都能见到同样的精明与精力——还是烙印在了照片上。这张照片仿佛就是（这个男人的）一本心理凭证。那两名经常出差的销售员看上去很是机灵，那位本地的销售代表也还说得过去，尽管他的部分身体被莫雷拉的肩膀挡住了。再看看莫雷拉！莫雷拉，我的这位上司、单调乏味稳定不变的代言人，看上去比我有活力多了！甚至就连办公室的那个小伙计（说到此处，我再也无法抑制我的嫉妒之情了，尽管我还告诉自己这不是嫉妒）都露出了率真的笑容，他们与我的面无表情形成了异常鲜明的对比。我的这副尊容，会让人想起文具店里出售的狮身人面像[①]。

这意味着什么？胶卷不会骗人这一真理是怎么回事？冷冰冰的相机镜头记录下的这一确凿场景是什么？我是谁，我怎么看上去居然是那副模样？总之……全体拍照者（对我）的羞辱又是怎么回事？

"你来得真是太巧了。"莫雷拉突然说道。然后，他冲着那位销售代表说："这是他吐痰的样子——你不这么看吗？"销售代表面露喜色，用一个友善举动表示了同意——他把我的照片扔进了垃圾桶。

万物有灵

环境就是事物的灵魂。每一种事物都有它自己的表达方式，这种表达来自其外部。每一件物体都是由三条线交织而成的，这三条线构成了相关的物体，它们就是：一定数量的材料、我们诠释物体的方式、物体所在的环境。我正伏在上面写作的这张桌子是一块木料，它是桌子，是这间屋子里众多家具中的一件。如果我愿意传达的话，我对这张桌子的印象其实是包括这么几层含义的：它是木头制成的，我管它叫桌子并且让它派上了一定的用场，我会放一些东西在上面，它会接受并影响这些东西，还会被这些东西改变；桌子在这些东西并置

[①] 可能指的是一种刻成迷你斯芬克斯像的镇纸。

的环境中,具备了其外部的灵魂。而桌子的颜色本身、某些部位的褪色、桌子上的斑点与裂缝——统统来自其外部,这一切(比桌子内部是木质的更能)让桌子具备了灵魂。而这个灵魂的内核——这是张桌子——同样来自外部,外部就是桌子的个性。

我觉得,认为我们所谓无生命的物体有灵魂,既不是人搞错了,也不是文学措辞不当。成为一件物体,就意味着成为一个具备某种属性的客体。如果有人说,树木有感觉,河流会奔跑,落日常悲伤,或是冷静的海洋(阴郁来自天空,海洋可不忧郁)笑了(因看到了海洋外部的太阳而微笑),那我们可以说他搞错了。但是,如果说物体是美丽的,那也同样错了。如果说物体拥有颜色、形体,甚至还有生命,那还是错了。这片海洋是一汪咸水。这次落日是在这一特定的纬度与经度上阳光消逝的起点。

在我身旁玩耍的这个小男孩,是一大群智慧细胞的结合体——更妙的是,他还是一台能开展亚原子运动的精密机械,一件罕见的由数以百万计的袖珍太阳系组成的带电的聚合体。

万物都来自外部,人类灵魂自身可能顶多相当于一束阳光,阳光照在土地上,令地上的粪堆(即人的身体)暴露无遗。

以上种种考虑可能蕴含着有能力下如此结论的那种人的整个人生观。我可不会成为这种人。我这个人倒是有一些清晰的笼统想法,也有逻辑性。不过,和一束阳光比起来,我的这些想法和逻辑都是黯然失色的。阳光给粪堆"镀"上了色,让它看上去像是湿漉漉的被压实的深色稻草,这堆"稻草"落在几乎全黑的土地上,挨着一堵石墙。

我就是这么一个人。我想思考时,却去观看。我想坠入自己的灵魂中时，却会在长长的螺旋楼梯的顶部猛然停下来，透过顶楼的窗户去看太阳，那茶色的太阳正欲告别。朝四面八方铺展开来的各式屋顶，正沐浴在夕阳之中。

我不快乐

你若问我，是否快乐，我会回答，我不快乐。

我为不完美的文章哭泣

我为我写得不够完美的这几页文章而哭泣，但是，倘若将来后代读到了它们，相比较我可能会写下的尽善尽美的文章，我的哭泣可能更加会打动他们。因为，若是文章完美，我就不会哭泣了，因而我也就不再写作了。完美从来都不可以用物质去加以量化。圣人会哭，因而是人。上帝则是沉默的。这就是为何我们会爱上圣人，但无法爱上上帝。

耸耸肩

大体而言，我们对已知事物的理解，都会影响到我们对未知事物的看法。如果我们管死亡叫睡觉，那是因为从外表上看，死亡就像是在睡觉；如果我们管死亡叫新生，那是因为死亡就像是某种有别于活着的现象。我们把对现实的理解稍加扭曲，捏造出属于我们自己的希望与信念。我们靠面包皮勉强度日，却管面包皮叫蛋糕，就像是那些被人蒙蔽、误以为自己很快乐的穷孩子。

但是，这就是全副生活的样子，或者说，至少是那个特定的一般被称为文明的生活体系的样子。所谓文明，无非就是给某物取个并不属于它的名字，然后去设想这样做会产生什么样的结果。而这虚假之名与真正的梦境相结合，倒是的确能创造出新的事物来。相关对象确实变成了别的事物，因为我们令它发生了变化。我们制造出各种事物。原材料还是那些，但经过了我们的艺术加工，原材料的形式改变了，变成了不同于它自身的别的东西。一张松木桌子仍然是松木，但它同时也是桌子。我们坐在桌子旁，而不是坐在松木旁。尽管爱情是一种性本能，但我们并不是在性本能的驱使下去爱的，而是带着对其他情感的猜测去爱的。而这种猜测本身，便已经是别的情感了。

我不知道，是光线或隐约可以听见的声音，还是对一种香味或一首旋律记忆犹新，产生了什么样难以形容的效应，再加上我受到了某些神秘莫测的外部影响，这才有了这些旁门左道的想法——我在街上走着时会突然冒出来这些想法。而现在，坐在一家小餐馆里的我则从容不迫而漫不经心地记录下了这些想法。

  我不知道,我的各种念头正把我引向何方,我也不知道自己想去哪里。今天,空气中起了一层温暖而潮湿的薄雾,这雾虽令人悲伤,却并不令人压抑,毫无来由地显得沉闷单调。我因为自己产生了一种辨别不出的情感而伤心;我缺少一个适合的我也不知道是什么的论点;我的意识中没有意志力。我在潜意识中是悲伤的。我之所以会毫不用心地写下这几行字,不是为了要说明这个问题,也不是为了要说明任何问题,而只是为了给心不在焉的自己找点儿事情做。我拿起一支笔头钝了的铅笔(我可没心情把它削尖),慢慢地在小餐馆的人给我的白色三明治包装纸上轻轻写着,因为这纸我用着正合适——其他纸也一样,只要是白纸就行。我感到心满意足,我往后靠去。在朦胧而消沉的暮色中,这个下午就这样一成不变地过去了。黄昏时没有下雨,而我也停下了写作,因为我不想再写作了。

风景与心境

  阿米埃尔[①]说过,一处风景就是一种心境。可是,这话却出自一

[①] 即亨利-弗里德里克·阿米埃尔(Henri-Frédéric Amiel,1821—1881年),瑞士美学兼哲学教授,死后因其作品《一部私人日记的残篇断章》(*Fragments d'un journal intime*)名声大振,该作品在某些方面与《不安之书》很像。

个有气无力的梦想者之口,是带有瑕疵的宝石。只要风景还是风景,它就不会成为心境。物化即创造,没有人会说一首写好的诗就是一种打算要写一首诗的心理状态。看见也许是一种梦见,但是,倘若我们管这种现象叫看见而不叫梦见,那是因为,如此我们便能区分开这两者。

但是,从语言心理学的范畴开展此类推想,会有什么好处呢?很多事情离了我照样会发生:草会生长,雨水会落在生长的草上,阳光会照在已经长成或将要长成的那丛草上;山脉已经屹立在那里若干年了,风还是那样吹着,风声与荷马当年听到的如出一辙,即便并未存在过荷马这个人。更好的说法是,一种心境就是一处风景,因为这样一来,这句话里就没有了虚假的理论,反倒是有了真正的暗喻。

我是在阳光普照的日子里,从阿尔坎塔拉的圣彼得罗瞭望台[1](São Pedro de Alcântara)上俯瞰这座城市的全景时,冒出这些偶发之语。我每每对着一幅广阔的全景发呆,忘记了我这身高5英尺6英寸、重135磅[2]的体量时,都会露出一个无比玄妙的微笑。我笑的是那些活在梦里的人,这些人以为梦想就是做梦。我还带着一份高贵、纯粹的理解,热爱着绝对外部世界的真相。

站在这瞭望台上眺望城市时,背景中的特茹河[3]成了一汪蓝色的湖泊,远处海边的山区则像是被削平了的瑞士。一艘小船——一艘黑色

---

[1] 里斯本市中心两侧的两个瞭望台之一。
[2] 约合168厘米、122斤。——译者注
[3] 葡萄牙的第一大河,发源于西班牙,在里斯本入海。——译者注

的蒸汽货船——从伯克多比斯波①启航,朝着我看不见的河口处驶去。愿诸神为我保佑这一切(直到我当下的这身躯壳消逝):阳光照耀下外部真实世界的这幅清晰的美景使我本能地意识到自己是不重要的,因自己的小巧而感觉舒适,想象自己是快乐的并从中得到慰藉。

你的铃鼓哪儿去了

某些感觉形同沉睡。它们如雾气一般充满了我们的脑海,令我们无法思考、无法行动、无法做个简单明白的人。这种感觉就好比我们并未睡过觉,在我们想不到的梦中有些东西在纠缠着我们。新的一天来了,懒散的阳光温暖了我们那麻木的神经表面。我们因为自己什么都算不上而沉醉了,我们的意志就像是一桶水,路过的人漫不经心地踢了一脚,桶里的水便泼洒在院子里了。

我们看是看了,却没有看到什么。穿着衣服的动物们在长长的街道上匆匆忙忙地走来走去,这街道宛如一块放平了的广告牌,上面的字母来回游走,毫无意义。那些建筑就只是建筑。我们再也无法赋予我们所看到的东西任何意义了,即便我们完全能够清楚地看到什么地方有什么东西。

---

① 里斯本东北部的一个码头。

打箱匠的铁锤发出咚咚的声响，听上去犹在耳边，又似乎远在别处。每一下捶击都发出一下清晰可辨的响声，还带着回声，但就是听不出来这声音源自何处。在暴风雨即将来袭的日子里，马车仍像往常那样嘎吱嘎吱地从路上碾过。人声从空中传来，而不是从喉咙中发出。背景中的那条河困倦了。

我们所感受到的并非沉闷，也不是忧伤。我们是在渴求以另一种人格睡去，是在渴求能够在工资增长的同时忘记万事万物。我们没有任何感觉，只是感觉下身可能会有点儿不由自主——在走路这个非常明显的动作中，我们身上长着的腿，会带动穿着鞋的脚踩踏地面。

也许，我们甚至连这一点都感受不到。我们的眼睛周围有一股阻塞的力量，就好比在用手指堵耳朵。

这就如同灵魂得了头伤风。这种文学虚构出来的病态，让我们以为生活就是一个康复的过程，从而迫使我们停下脚步。而一想起康复，我们就会联想到城郊的别墅——我们想到的不是别墅周围的花园，而是里面舒适的环境——远离道路与转个不停的轮子。不，我们什么都感觉不到。我们有意识地通过自己不得不进入的那道门，而我们不得不通过它这一事实就足以让我们睡去了。我们通过每一件物体。哦，傻站在那边的那头熊啊，你的铃鼓哪儿去了？

被生活毒打

　　万事万物都令我厌倦，就连那些不令我厌倦的事物都令我厌倦。我的快乐如我的痛苦一般痛苦。要是我能变成一个孩子就好了，那样的话，我就可以在农田里的一个蓄水池里开纸船了。头顶上架着用纵横交错的葡萄藤搭成的农家凉棚，这凉棚在浅浅的、黑得发亮的水面上，投下了阳光与绿荫交错后形成的阴影。我和生活之间隔着一层薄薄的玻璃。无论我看到的生活有多么清楚，无论我理解的生活有多么透彻，我都无法触碰到生活。想让我理性地对待悲伤？如果要经过努力才能做到这一点，那该如何是好呢？悲伤的人是无法努力的。我甚至都无法宣布与这些我无比憎恶的生活中的庸俗之举一刀两断。宣布放弃某种行为也是一种努力，可我的内心却丝毫不想努力。我频频会因为自己不是那辆汽车的司机、不是那辆马车的车夫而感到遗憾。或者说，任何想象出来的其他人的平庸生活——因为它不是我的生活——都是那么诱人，让我一心想过上那样的生活，让我满脑子想的都是它散发出的别人的味道。假如我是他们当中的一员，我就不会惧怕生活，把它看成是一件事物了。而把生活视为全体事物这种念头，并不会压垮我思考的肩膀。

　　我的梦境是蠢人才会想到的庇护所，就像是撑起伞去抵御闪电。我无比倦怠，无比差劲儿，无比缺少姿态与行动。

　　不管我对自己的研究有多深入，我梦境中的所有道路仍然都通往那片被焦虑占据的空地。有时候，甚至连我这样一个沉迷于做梦的人都没有做梦，此时，我会清楚明白、明察秋毫地看清事物。我躲在其中逃避现实的那层迷雾消散了。每一处可见的棱角都割到了我灵魂的皮肤。我看到的所有锋利之物，都伤到了我身体的一部分——我的这部分身体能认出它们的锋利。每一件物体可见的重量，都成了我内心中的重担。似乎，我的生活就等同于被生活毒打。

上帝或诸神

　　玄学总是会令我吃惊，因为它作为一种潜藏着的精神错乱，迟迟不会消失。如果我们知道真相，我们就会看到它了，其他一切都是各种体系与相似之物。宇宙是深不可测的，不管我们如何思考探究，都看不透它；想要真正参透它，无异于不想做一个完完全全的人。因为要想做人，就要意识到宇宙是无法被参透的。

　　有人把信仰交给了我，就像是把一个封好的包裹放在样子奇怪的浅盘上交给了我，还希望我收下它时不要拆封；有人把科学传给了我，就像是把一把刀放在盘子上交给了我，让我去裁开满是空白对开页的书本；有人把怀疑递给了我，就像是灰尘放在盒子里递给了我——可是，如果一只盒子里只装着灰尘，为何还要把它给我呢？

　　我之所以写作，是因为我懵懂无知，某份情感要求真实，我就会用上能想到的所有抽象与高级的字眼儿去描述它。如果这份情感清晰且明确，我就会自然而然地讲到诸神（Gods），从而将它框定在这个世界的多元意识内。如果这份情感非常强烈，我就会自然而然地提到神（God），从而将其置于统一的意识之中。如果这份情感是一种思想，我就会自然而然地说到命运，从而把它推上墙头。有时候，仅仅是为了不打乱一句话的节奏，我就要采用神而非诸神；还有些时候，又需要采用双音节的"诸神"，此时，我便将通过措辞改变宇宙；还有些时候，句子押韵、格律错落有致，或是感情的迸发更加重要，此时，我会根据情况，要么以多神论为基调，要么以一神论为主旨。诸神是否归位，要看文章的体裁是什么样的。

无　用

对一个高人一等的人而言，他唯一可取的态度就是：坚持开展已经被他识破的一种无用的活动，服从他明知纯属刻板无情的一种纪律，以及运用他认为完全微不足道的哲学与玄学思想中的某些名词。

沉　思

　　认识到现实就是一种幻觉，以及认识到幻觉就是一种现实，都是有必要的，但也同样是无用的。喜欢思考的生命——如果存在的话——必定会把现实生活中发生的各种意外，看成是无法得出的结论散布在人生之路上。不过，另一方面，这种人也必然会觉得，我们偶尔做过的那些梦，某种意义上是值得重视的，因为我们只有重视了，才喜欢思考。

　　任意事物以及一切事物——取决于你如何去看待它——要么会带来惊喜要么会让人扫兴，要么能代表万物要么什么都代表不了，要么是通途要么是阻碍。以不断变化的新方式去看待某物，就是去复制和更新它。这就是为何一个喜欢思考的人，哪怕没有离开他居住的那个村子，也同样能够随心所欲地拥有整个宇宙。一个细胞也罢，一片沙漠也罢，里面都大有乾坤。一个人就算是枕着石头睡觉，也能在梦中通天。

　　可是，我们在沉思时，也会出现这样的时刻——所有沉思的人都遇到过这种情况——凡事万物突然之间就旧了，老了，看过了，又看过了，即使我们尚未看到它们。这是因为，不管我们对某件事物冥思苦想到了什么样的程度，也不管我们通过沉思对它的理解消化到了什么样的程度，最终我们对它的理解也只能是沉思的产物。到了一定的时候，我们会被一种对生命的渴望吞没，会被这样一种想法吞没：无须开动脑筋就能认知，从我们思考对象的内部出发，只凭借意识就去沉思。以触觉或感觉去思考就好比思考对象是海绵，我们是水。

于是，我们便也有了属于自己的夜，进而由情感生成的浓浓困意就变得愈发浓厚了，因为在这种情况下，情感是来自思虑的。但是，这是一个既无沉睡也无月亮星星的夜晚，这一夜，所有的东西都好像由里朝外翻了个个儿——无限的天地跑到里面去了，正欲喷薄而出，白天则摇身一变，成了一件陌生外套的黑色内衬。

诚然，做一只喜爱自己未知之物的人中蛞蝓，做一只没有意识到何为恶心反胃的人中蚂蟥，一直都是更好的选择。什么都不管不顾，才能活下去！为了遗忘，干脆去感受！啊，随着饱经沧桑的船从青白色的睡梦中醒来，一切往事都已灰飞烟灭，如同吐在那高高的船舵上的痰，早已变冷变干了！那古老的船舱像是船的眼睛，这船舵则是眼睛下方的鼻子。

虚幻世界

除了做梦，我从未做过任何事情。做梦这件事——也只有这件事——已经成了我活着的意义所在。我唯一真正关心的，一直是我的内心生活。当我打开面朝自己梦中那条街道的那扇窗户[①]，在我看到的

[①] "面朝自己梦中那条街道的那扇窗户"另有版本作"冲着我内心的那扇窗户"。

景象中忘记自我时,我心中最深切的那些悲痛就慢慢消散了。

我从未渴望过不做一个梦想者。有人对生活中的我说话,我却没有去注意他们。我总是不属于那个活在当下的自己,却一直属于那个我永远不可能成为的人。无论什么事物,只要不属于我,哪怕它再低俗,对我来说就是带有诗意的。我唯一爱过的事物就是空无一物。我唯一渴求过的事物就是我连想象都想象不到的事物。我对生活的全部索求就是日子一天天地流逝掉,而我却感受不到。我对爱情的全部要求就是爱情要永远是一个遥不可及的梦。我自己内心中的所有风景都是不真实的,在这些风景中,我总是被远方的事物吸引;而那些模糊不清的渡槽——几乎已经到了我梦中风景的范围之外——则与这风景中的其他景物形成了一种梦幻般的甜蜜关系,这种甜蜜关系令我爱上了它们。

我仍然痴迷于打造一个虚幻的世界,并且一直会这样痴迷下去,直到我死去。今天,我没有把我柜子抽屉里的那些线轴和国际象棋里的那些兵(偶尔还会冒出来一颗象或马)摆放整齐,但是,令我后悔的却是我没有在自己的想象中摆好这些棋子——它们太鲜活太能以假乱真了!——它们在我的内心生活中占有一席之地,这让我感觉温暖舒适,宛如冬日里坐在暖暖的火堆旁。

我的内心另有一片天地是留给朋友们的,这些朋友们各自过着真正、独特、不完美的生活。

这些朋友中,有的浑身上下都是问题,有的像波希米亚人一样,过着虽卑微低调但也有声有色的生活,还有的是走南闯北的销售人员。(能够把自己想象成一个走南闯北的销售人员,一直以来都是我最梦寐以求的夙愿之一——可惜却无法实现,唉!)还有人住在我内心一座位于乡下的葡萄牙小镇或村庄中,他们会来城里,我有时会在城里遇到他们,此时,我便会激动地大大张开双臂迎接他们。而当我梦想着这幅场景,在我的房间里来回踱步、大声说话、做着手势时——当我梦想着这幅场景,想象着我遇到他们的画面时,我就会欢欣鼓舞,就会心满意足,就会手舞足蹈,我的眼睛就会湿润,我就会伸开我的双臂,并发自肺腑地感到无比快乐。

啊,就那些从未存在过的事物而言,没有什么像念旧那般伤人的了。当我想起我在现实中已经度过的那些时光时,当我因为想到我的童年生活已经一去不复返而哭泣时,我都会产生一种渴望的感觉——这种感觉无法和我在另一种情况下产生的热情相提并论:当我在自己想象出的世界中拐过一个街角时,当我在同一个梦境中穿过自己平时经常走来走去的那条街上的一个门时,我都会因为想起梦中那些并不真实存在的卑微的人物(哪怕是那些我回想起来,在我的虚幻生活中只出现过一次的小人物)而哭泣。在这样的哭泣中,我那颗颤抖着的悲痛的心会迸发出热情。

当我想到我梦境中的那些朋友——我与他们分享了何其多信以为真的生活啊,我与他们在想象中的小餐馆里开展过何其多令人兴奋的交谈啊——居然从来没有过自己的一席之地,以便他们能够真实地存在、能够独立于我的意识而存在时,我便会因为怀旧既不能令逝去之物复返,也不能令死去之物复活而怨愤不已。这样的怨愤会转化成针对上帝的骇人的暴怒,因为上帝创造了不可能这一现象。哦,这逝去的过去啊,它在我心中复活了!它从未去过其他地方,只在我心里待过！那些种在乡间小屋花园中的花朵啊，这小屋从未存在过，只在我的心里存在过！农场上的那些小松树林、果园与菜地，它们都只不过是我做过的一场梦！那些从未存在过的停留在我想象中的短途旅行与乡间远足！那些路边的树木、道路、石头、路过的乡下人——所有这一切都从来没有越出过我的梦境，它们统统在我的记忆中留下了印记。我这个花了不知道多少个小时去梦想这些事物的人，现在正一小时一小时地回忆着，试图想起我曾经梦到过它们的场景。每每回忆到伤心之处，我都会感受到一股真切的怀旧感，我都会哀悼一段真正逝去的过去，我都会盯着一段真实生活的尸体，这尸体现在肃穆地躺在那里，躺在自己的棺材里。

此外，还有一些不仅仅存在于内心中的风景与生活。我天天看到的某些艺术价值不大的以及挂在墙上的画作，成了存在于我内心的真实事物。我对此类事物的感知另有一番滋味——更加悲伤、更加充满同情。可是，无论这些画中的那些场景是否真实，我都不能置身其中，这让我感到悲伤。令我悲伤的还有，我没有资格至少作为一个不起眼的小人物，被画到一幅小画中那月光照耀下的树林底部。我在我曾睡过的一间房间里看到过这幅画——彼时的我，早已度过了童年时光！令我悲伤的还有，我无法想象自己就躲在画中，藏在河边的树林里，沐浴着那永恒的（尽管画家表达得很是拙劣）月光，看着那个画中人乘着一条船，正从一根柳树枝下经过。

每逢这些时刻，我都会因为自己无法彻底地展开梦想而感到悲痛。我的怀旧还具备其他特征。我有着几种不同的绝望姿态。那种折磨着我的不可能（梦想到相关场景）的感觉，引发了别样的焦虑。

啊,要是所有这一切至少能在上帝眼中具备某种意义,能够满足我,与我的欲求走向一致,能够在我不知道的一个纵向时间点上满足我,能够契合我怀旧和幻想的方向,那该有多好啊!要是至少可能会存在这么一个由所有这一切事物组成的天堂,哪怕这个天堂是特地为我造的,那该有多好啊!要是我至少能遇见我梦到过的那些朋友,走上我幻想出来的街道,在我曾画过自画像的那间乡村小屋里,在早晨各种窸窸窣窣的声音中,在公鸡的打鸣声和母鸡的咕咕声中醒来,那该有多好啊——而所有这一切,在上帝的安排下都更加完美,都按照各自存在的需要井然有序地分布着,都采取了恰到好处的形式,以方便我占有它们;最后这一点甚至我在梦里也无法做到,因为人的内心总是缺了至少一处空间,一处用来存放这些不幸的现实事物(场景)的空间。我从正写着字的那张纸上抬起头来……时候还早,刚刚过了晌午,今天是个周日。生活的顽疾,也就是人有意识这个顽疾,开始随着我身体的动弹发病了,开始让我不舒服了。这顽疾之所以会发作,是为了不给我们这些不舒服的人安排可供逗留的岛屿,是为了不给那些已经退回到梦境中的人留下年代久远的花园走道!它之所以会发作,是因为我不得不活下去、行动下去,无论是多么微不足道的生活与行动!是因为我不得不(和人)发生实质性的接触,因为生活中还存在着其他同样真实的人!是因为我不得不坐在这里把这种感觉记录下来,因为我的灵魂需要它。

我的灵魂之所以需要这种感觉,不是为了仅仅能在梦中充分地体验到它,而是想不用文字就能表达它——就像不用意识就能表达它一样,是想通过在音乐和絮叨中构建自己的方法来表达它。如此一来,一旦我想表达自己时，眼里就会涌出泪来。我便如同一条被施了魔法的河流，从自身化作的平缓坡地上流过，流向更远处，流向无意识的遥远之地，一直流淌下去，没有尽头，直至流到上帝那里。

我没有过去和未来

  我总是活在当下。我不知道未来，也不再拥有过去。未来令我压抑，因为什么情况都可能会发生，过去也令我压抑，因为没有什么是真实可靠的。我既不憧憬，也不念旧。我只知道，到目前为止，我过成了什么样子——我当下的日子，往往并且完全与我所想要的生活相反。有鉴于此，我还能设想明天的我会活成什么样子吗？当然，有几点是肯定能想到的：这种日子会是我设想不到的，会是我不想要过的。有鉴于此，我还能设想身外的世界会让我遭遇到什么事情（即便是那些随我所愿的事情）吗？谈到过往，倒未曾发生过什么值得我去回忆、并妄想能再次发生的事情。我除了留下自己的痕迹和影子，从未留下过别的什么。我搞砸了的一切加起来就构成了我的过往。我甚至毫不牵挂我当时的感受，因为要结合当下才能想起当时的感受——一旦这一刻过去了，生活就又翻过了一页，人生故事就会继续讲下去，只是换了一个文本。

  闹市区的一棵树形成了小小的黑色树荫，水滴落入哀伤的池中时发出轻微的声响,修建过的草坪露出葱葱青色——这就是接近黄昏时分公共花园里的景象。在这一刻,你对我来说就是整个宇宙,因为你捕捉到了我全部的意识感受。我想要的生活,无非就是这样,感觉日子在这些不期而遇的傍晚流逝着。日子在一个花园中陌生男孩的嬉戏声中溜走,这个花园被周围街上和天上的那种忧郁气氛笼罩,这片古老的天空高悬在最高处的树梢之上,天上的星星又出来了。

我生活的样子

  我们把生活解读成什么样子,生活就是什么样子。对那个把自己的田地看成是一切事物的农民而言,他的田地就是一个帝国。在一个认为其帝国还不够辽阔的帝王眼中,他的帝国就是一块田地。穷人坐拥了一个帝国,雄主却只有一片田地。所有那些我们真正占有的事物,都不是我们自己的感觉;我们所过的现实生活,其基础必须是这些事物,而不是它们给我们的感觉。

  这与任何事物都扯不上关系。我做过很多的梦。我厌烦了做过梦的感觉,但我并没有厌烦做梦。没有人会厌烦做梦,因为做梦就是遗忘,而遗忘并不会让人有所顾虑;我们清醒时其实也是在睡觉,只不过这样的觉中没有梦罢了。我在梦中干了所有的事情。我也曾醒来过,但那又能怎么样呢?我曾当过多少次帝王啊!而那些历史上的伟人——却是多么小肚鸡肠啊！恺撒在被一个好心肠的海盗饶过一命后，却下令搜捕他，这个海盗后来被钉上了十字架。拿破仑在圣赫勒拿写下的遗嘱中，留了一份遗产给试图暗杀惠灵顿的一个共谋者①。哦，这些伟人的心胸，可不见得比隔壁那个斜眼的婆娘更加宽广啊！哦，这些伟人倘若到了另一个世界中，也不过就是个伙夫啊！我已经当过不知道多少次帝王了，我还梦想着要当很多次帝王。我已经当过不知道多少次帝王了，但都不是真正的帝王。我在做梦时倒的确是有帝王风范的，这就是为何我从未成为过任何人。我的军队是吃了败仗，但这败仗不是真真切切的，并且没有死人，我的军旗也没有丢失。我做梦还没有梦到统帅军队的程度。我的军旗从未拐过那个弯，从未将它梦中的全貌展现给我。

我已经当过不知道多少次帝王了，就在这里，在杜拉多尔街上。我当过的那些帝王仍然活在我的想象中；但是，曾经叱咤过的那些帝王们都已经死了，而杜拉多尔街——也就是现实——则无法认识他们了。

我从没有阳台的高窗向那个深渊——也就是楼下的那条街——扔出了一个空火柴盒。我在椅子上坐直了身子，支起耳朵听着。好像是有意要表达些什么一样，这个空火柴盒落在街上时发出了清楚的回声，它在告诉我，它被我抛弃了。除了整座城市的各种喧嚣，听不到别的声音。是的，这个漫长的周日里，这座城市的各种喧嚣——如此

---

① 圣赫勒拿是南大西洋中的一个岛屿，拿破仑于滑铁卢战败后，被关押在这里直至死去。惠灵顿即首任惠灵顿公爵阿瑟·韦尔斯利，他是对拿破仑作战时的英军主要将领。——译者注

之多的声音——各不相和同时又都各得其所。

这个现实世界中，值得思考的事实可谓少得可怜：吃饭来晚了，火柴用光了，亲手将火柴盒扔到窗外去了，因为吃饭晚了而感觉不太开心，今天是最终必定会出现一个糟糕的日落的周日，我在这世上什么都算不上，还有，所有的玄学。

但是，我已多次做过帝王！

梦使我迷醉

我在睡觉时做了很多梦，之后，我便出门来到街上，虽然我双目圆睁，却仍然像是身处梦境中，梦中的一切仍然历历在目。我被我的这种自主思维吓到了，这样一来，别人便无法真正了解我了。因为我在平常过日子的时候，仍然拽着精神世界保姆的手不放；我的步伐，与我睡梦中意识不清的所思所想完全合拍。可我却是朝着正确的方向走的，我没有蹒跚踉跄，我反应敏捷，我存活着。

可是，有那么一些短暂的间隙——此时，我无须因为要避开车辆或迎面走来的行人而用心地走路，我不用和人说话或是进入前面的某扇门中——我会像睡眠之海上的一艘小船一样再度启航。我会再次回到那个渐渐消退的幻象中。这梦中的幻象围绕着我早晨模糊不清的意识，现在，这意识正在运送蔬菜的车子发出的嘈杂声中浮现出来。

恰恰就在此时，在这生活的喧闹中，我的梦成了电影大片。我沿着闹市区一条缺乏真实感的街道走着，这条街上的的确确存在着一些并不真实的生命。这种真实感太生动了，就像是把我的头脑包裹在了虚假记忆织成的白布中。我是个导航员，踏上了探索陌生自我的道路。在那些我从未去过的地方，我克服了万难。这种昏昏欲睡的状态，则推着我走下去，俯下身子，排除不可能，向前挺进，我感觉自己像是一股清风。

人人都有自己的"酒"。对我来说，想要生存下去，这种感觉完全是我的酒。我因为感觉而迷醉，一边径直朝前走着，一边徘徊游荡。若是时候到了，我会像别人一样出现在办公室里。

若是时候未到，我也会和别人一样，走到河边，瞅着河水发呆。我没什么与众不同的。而在所有这一切的背后，哦天空啊，我的天空，我悄悄地在上面撒下星辰，营造出自己的无尽宇宙。

幻　灭

今天这世上，无论哪个人，除非他的道德修养与智力水平像俾格米人①或粗野之人一样低下，都会在恋爱时爱上浪漫的爱情。在被基督

---

① 俾格米人：泛指男性平均身高不足五英尺（约1.52米）的民族。

教影响了一个又一个世纪后,浪漫的爱情已是稀罕之物了。人们可以通过对比的方式,将浪漫爱情之实质及发展的方方面面解释给未开化的人听。比如,将浪漫爱情比作一件由灵魂或想象力裁剪成的衣服,正好有人路过时,若是理智认为这个人穿得上这身衣服,那就给他穿上。

可是,每一件衣服都不是不朽的,因此,它能存在多久,人们就只能穿多久。于是,不久,在我们已经做成的那件磨损的理想外衣之下,我们所伪装的那个人的真身便露了出来。

如此看来,浪漫爱情可谓通往幻灭的通途。只不过,从一开始就被人们接受的这种幻灭,决意要不断地改变理想的标准,不停地在灵魂的裁缝铺里裁制新衣,从而令穿上这些衣服的人能不停地改头换面。

活着就不要思考

我们从不爱任何人。我们所爱的,其实是我们对某人的看法。我们自己的观念——属于我们的自身——才是我们爱的对象。

在包罗万象的整个爱的世界中,这就是真相。在性爱中,我们通过另一个人的身体寻求自己的快感;在非性爱中,我们通过自己的看法寻求自己的快感。自慰者可能是凄惨可怜的,但是就事实而论,他才是爱人这个概念在逻辑方面的完美表达。他是唯一一个不装腔作势、不愚弄自己的人。

一个人与另一个人之间的关系，即借助共同的语言和摆出的姿势这类不确定和易于变化的事物表达出来的那种关系，是非常复杂且具有欺骗性的。二人会面这一行为本身就不是会面。两个人都说"我爱你"，或是都有这样的想法或感觉，可是，与此同时，各自又都另有想法，另有一种生活。甚至，就连组成各自内心活动的形形色色的抽象感觉，也显示出了不同的色彩与味道。

今天，我头脑很是清醒，就好比我并未存在过。我的思想纯净得像是光秃秃的骨架，丝毫不带有那些宛如破皮烂肉的似是而非的表达。而这些我形成后又抛弃了的念头，则不是针对任何事物而起的——至少不针对我意识中位置靠前的那些事物。它们所针对的，也许是公司的那位销售代表不再对他的女朋友抱有幻想，也许是我在一部爱情小说中读到的一个句子——我们国家的报纸从国外的出版社那里转载了很多爱情小说，抑或它们针对的只是一种模糊的恶心感——我已经想不起来，是怎么样的生理原因引发了这种恶心感……

给维吉尔①的作品作注的那些注释家做错了。剖析理解才是最有可能会令我们厌烦的。活着就不要思考。

---

① 维吉尔（前70—前9年），古罗马著名诗人，代表作有《牧歌》《农事诗》《埃涅阿斯纪》等。——译者注

爱意萌发后的两三天

爱意萌发后的两三天……

对鉴赏家而言,这两三天的价值,体现在它所营造出来的各种感觉之中。再过些日子,嫉妒、痛苦和焦虑就会接踵而至了。在这两三天里,情感尚在发展之初,这里满是爱情的甜蜜——令人愉悦的暗示、带着激情的迹象——而没有爱情推进到深处时的各种滋味。如果,这意味着舍弃带有悲剧色彩的爱情当中的那份大美,那我们必须要记得,对鉴赏家而言,悲剧尽管看上去很是有趣,可经历起来却让人不快。对生活的经营阻碍了对想象力的开发。统治者必定是那些冷漠无情的非凡之人。

毫无疑问,这个理论会令我满意,前提是我能说服自己,这个理论不是它本来的这副面目:一段含糊不清、急匆匆说出来、以便堵上我心智之耳的话,它让我的心智几乎失聪,听不到这样的心声——我只是心存胆怯,缺少生活的天赋。

人工美学

生活不让生活表达自己。如果我果真经历了一场轰轰烈烈的爱情,我将一直无法去描述它。

我甚至都不知道,我在这些东拉西扯的文字中,向你吐露的是不是这个我——是真实存在的我,还是我自己虚构出来的美学观念上的我。是的,的确是这样。我过着美学意义上的生活,就和别人一样。我把我的生活当成是雕塑,用我的身心颇为陌生的材质塑造了它。我已经以如此全然艺术的方式利用了我的自我意识,我已经如此彻底地游离到自身外部了。有时候,我甚至再也认不出自己了。在这不真实的幻象背后的我是谁?我不知道。我肯定得有个身份。如果说,我逃避生活、回避行动、规避感受,那么,请相信我,我之所以会这样,是因为我不想打乱自己养成的个性。我想丝毫不差地变成自己想变成但现在还没有变成的那副样子。如果我打算向生活妥协,那我就会被它毁了。我想成为一件艺术品,至少让我的灵魂成为艺术品,因为我的身体无法变成艺术品。这就是为何我会独自默默地塑造自身,并置身于温室中,不接触新鲜空气,也避免阳光直射——在这里,我人工栽培的荒诞之花,会在与世隔绝的美景中绽放。

有时,我会暗暗思量,要是我把做过的所有梦排成一出延绵不断的人生大戏,那该有多精彩啊。这出戏中成天都会出现想象出来的同伴与编造出来的人物,这是一场虚假的人生,我可以活在其中,痛在其中,乐在其中。

在这场人生中,我时而会遭遇不幸的打击,但也会体验到巨大的快乐。而关于我,则没有什么会是真实可信的。不过,万物都可能会具备令人赞叹的逻辑性;对于一段感觉错乱的节奏来说,这种逻辑性就完全是节奏。这样的节奏会出现在用我的灵魂建成的城市里,会一直延伸到旁边停着一辆空车的月台上,而在我的心中,这辆空荡荡的列车停在非常遥远的地方……这样的逻辑性若是出现在外部生活中,也会同样的鲜明与不可避免,只不过会带有一种落日之美。

写作就是遗忘

　　写作就是遗忘。文学是最为可行的忽视生活的手段。音乐令人舒缓,视觉艺术撩人心扉,表演艺术(例如演戏与舞蹈)则有娱乐功能。然而,文学却把生活变成了沉睡,从而撤出了生活。其他艺术不会这样撤出生活——其中有些因为利用了视觉手段,因而成了生活的重要配方;还有些艺术之所以不会撤出生活,是因为它们的生命就来自人们的生活。

　　文学可不是这样的。文学模仿生活。一部小说就是一个从未发生过的故事,一个剧本就是一部没有叙事的小说。写一首诗就是用没有人使用的语言把思想或感情表达出来,因为没有人会用诗句交谈。

被动抵抗

　　每个人在目睹其他人的痛苦和不舒服时，都会生出一种说不清楚且几乎难以估量的恶意，从而在心中暗爽。而在我身上，这股恶意已经被再次引导，流向了我自己的痛苦。因此，我能在觉得荒谬或可笑的同时，真正体验到快意，就好比觉得荒谬可笑的是别人而不是我。经过了一次奇怪且难以想象的态度转变后，我在面对他人的痛苦与窘迫时，就不再心生恶意了，也不再有那种人类才有的露骨的快感了。当别人身处困境时，我倒不觉得伤心，而是会产生一种美学意义上的不适感，还会觉得烦躁、剪不断理还乱。这倒不是出于同情，而是因为无论是谁看上去都荒谬可笑，那就代表不仅是我觉得他荒谬可笑，其他人也有同样的感觉，而一旦有人在别人看来荒谬可笑，我就会觉得烦躁。在人类这个物种中，居然会有一些衣冠禽兽在没有资格去嘲笑别人时，还去嘲笑落难的人，我一想到这一点就会伤心。我并不在乎别人在我落难时是否会嘲笑我，因为我有一个优势，我对身外的一切都持有一种牢不可破的轻蔑态度。

　　我用高高的铁栅栏把自己生存着的这片花园围了起来——这铁栅栏比任何石墙都更加高大——这样一来，我就既能清楚地看到别人，又能把他们挡在外面，从而让他们作为他人始终只待在自己的地盘上。

　　去发现不行动的方法，曾是我在生活中重点关心的问题。

　　我拒绝向形势或人低头，我被动地抵抗。形势只能要求我拿出一点儿行动来。而只要我不为所动,形势就对我无可奈何。

由于死刑已经被废除,形势顶多就只能骚扰骚扰我;如果我被骚扰,就会给自己的灵魂穿上更加厚重的盔甲,就会退到梦境的更深处活着。不过,我还没有受到过这样的骚扰。形势从未找过我的麻烦。命运似乎一直在眷顾着我。

何必去旅行

旅行这个念头令我恶心。

我已经看过了我从未看过的景象。

我已经看过了我尚未看过的景象。

永远是新的,亘古不变;一直在发现,亘古不变——在各种事物与理念那些似是而非的差异性的背后——万物始终都一样,清真寺、寺庙和教堂并无二致,一座小屋完全等同于一座城堡,王袍加身的国王与赤身裸体的野人有着相同的肉身,生活永远与它自身的步调保持一致;我在生活中遇到的每一件停滞不前的事物,无不被迫要有所改变……

风景就是重复出现的事物。在一次稀松平常的列车旅途中,我毫无效果而又骚动不安地表现得心神不定,时而漫不经心地看看风景,时而漫不经心地翻翻书——倘若换作别人,那书也许能起到消遣的作用,可我不行。生活让我感觉有点儿恶心，只要一动，这种恶心感就会加重。

只有不存在的风景和我永远不会读到的书，才不会枯燥无味。生活对我而言就是一种昏睡，大脑永远不会被这样的昏睡麻痹。我只有令大脑保持清醒，才能在远方感到伤心。

啊，让那些没有存在感的人旅行吧！对什么都算不上的人而言，如河流般往前流动的情感无疑就是生活。但是，对那些有所戒备、会去思考和感受的人而言，火车、汽车和轮船表现出来的那种吓人的歇斯底里的状态，则会让他们无法入睡，也无法醒来。

无论我从什么样的旅途，即便是一次较短的旅途中归来，都像是从一场满是梦境的沉睡中醒了过来——陷在茫然的迷惑之中，一种感觉紧接着另一种感觉袭来，使我沉醉在我看到的景象当中。

我的灵魂健康状况不佳，因而无法获得内心的平静。我之所以不能动，是因为我的肉体与灵魂之间缺少了某些东西；我缺少的并不是运动，而恰恰是动起来的欲望。

我常常想要到特茹河对岸去——渡船开过去需要十分钟，从王宫广场开到加里尔哈斯①。不过，在很多人面前、在我自己面前、在我的意图面前，我总是感到胆怯。我曾经去过对岸一两次，整个旅程我都很紧张，只是在我返回后，我才把自己的脚落在了干燥的地面上。

当一个人感觉过分紧张时，特茹河就成了一望无际的大西洋，加里尔哈斯就是另一片大陆，甚至是另一个宇宙。

---

① 时至今日，里斯本仍有数处码头经常有渡船通往以前的渔村加里尔哈斯，加里尔哈斯有很多公共汽车通往周边的城镇。

生活不是必需的，感受才是

任何一个珍惜自己的人，都会渴求过上极致的生活。仅仅满足于自己分到的，那是奴隶；想索要更多的，那是孩子；想要掠夺（征服）更多的，那是疯子，因为每一次征服都是……

过上极致的生活，意味着把生活过到极端的地步。不过，这世上有三种过上极致生活的方式，具体选择其中的哪一种，要看那高高在上的灵魂是如何选择的。第一种过上极致生活的方式就是，以一种极端的程度去占有生活，即借助一切体验式感受，动用全部外化的精力，来一场尤利西斯式的人生旅程。不过，无论老少，这世上很少有人能在这样的情况下闭上他们的眼睛：感觉疲倦到了极点，仿佛经历了所有的疲倦，觉得自己已经以各种方式拥有过了万物。

事实上，很少有人能够令生活完全如他们的身体和灵魂所愿，这让人们深信不疑地认为，生活是爱他们的，因而不可能冒出嫉妒羡慕的念头。但是，每一个自诩优秀、意志强烈的灵魂，想必都是渴求生活能称心如意的。不过，当这样一个灵魂认识到，它永远无法过上如此惬意的生活，它缺乏征服整体之所有部分的力量时，还是有两条路可供其选择的。其中一条路是全然克制、中规中矩、完全戒欲的，它会把行动和精力无法完全搞定的一切统统交给感觉去处理；选择走这条路的人，宁可干脆放弃行动，都不会像可有可无的泛泛之辈那样，摇摆不定、做不到位、徒劳无效地采取行动。

另一条路是完全均衡之路，是一条在绝对均衡中寻求极限的路。

它会把对极致的渴望，从意志与情感那里转移到才智那里。走上这条路的人，其全副抱负并不是想过完一生，也不是要感受一生，而是要安排好一生，想让这一生在才华尽显的和谐与协调中臻于完美。

高贵的灵魂往往会渴望能明白事理，而不是渴望采取行动，前者属于感觉范畴。以才智取代精力，隔断意志与情感之间的联系，除去物质生活中可能会有的一切有趣的举动——这些如果都做到了，将比生活本身具备更大的意义。人们很难拥有完整的生活，而倘若仅仅拥有一部分生活，又未免太悲哀了。

阿尔戈船工①说过，生活不是必需的，只有航海才是必需的。我们这些为自己那病态的感觉所驱使的阿尔戈船工则说：生活不是必需的，只有感受才是必需的。

我的停滞期

我有时会经历一些很严重的停滞期。和每个人都经历过的不一样

---

① 佩索阿经常用"阿尔戈船工（argonauts）"泛指古代的航海者（试比较本篇以及《不安之夜的交响乐》）。其实，他所引用的这句话，并非跟随伊阿宋（Jason）出海（寻找金羊毛）的那些阿尔戈船工的格言。根据普鲁塔克（著有《希腊罗马名人传》）的描述，这句话是伟大的庞培说的。当时，庞培正冒着暴风大雨，命令麾下将船只扬帆开往罗马。这些船上装着从西西里、撒丁尼亚（撒丁岛）和北非收集来的粮食。

的是，我在停滞期内不是枯坐着让日子一天天地过去，哪怕收到了急需回复的信时，也不去回寄一张明信片。和别人不一样的是，我在停滞期内，不会无限期地推迟容易办成且有用的事情，或是有用且令人愉快的事情。我在陷入自我矛盾时，情况会更加微妙复杂。我会停滞在自己的灵魂中。我的意志、情感和思想都会不听使唤，这种停摆的状态会持续数日；唯有我灵魂中植物属性的生活——话语、姿势、行为习惯——会在别人面前把我的所思所想表达出来，并通过别人的反应转达给我自己。

在这些阴暗的浑浑噩噩的日子里，我无法思考、感受、期待。除了数字和乱涂乱画，我写不出别的来。我不会去感受，就算是一个所爱的人死了，我也会无动于衷，仿佛噩耗是用外语传来的。我是无助的。这就好比我正在酣睡，我的姿势、话语和刻意为之的行为，充其量只能算是体外可见的呼吸现象，是某种身体机能本能的律动。

日子就这样一天天过去了，如果我把这些日子累加起来，有谁知道它们在我的生活中会占到多大的比重呢？有时候，当我摆脱这种停摆的状态时，会突然这么想：也许，我不像我以为的那么一丝不挂，也许还有一些隐形衣掩盖了我永远没有真正的灵魂这一丑态。我想到，思考、感觉、期待也同样可能会成为停滞期。每每即将开展更加深入的思考、快要体会到更加本真的感受、情愿迷失在真正的我这座迷宫中的某处时，这样的停滞期就出现了。

无论日子会过成什么样，我都会过下去。无论要把我交给什么样的神或诸神，我都会交出那个原原本本的我——任由造化弄人、因缘际会，都会信守一个已经忘记的诺言。

不被理解的好处

  我总是拒绝被人理解。想获得别人的理解就要像妓女那样去主动勾引别人。我宁可被别人信以为真地误解，情愿仍然保持着人所未知的状态，既不失本真自然，同时又能得到所有应得的尊重。

  倘若他们发现，我在办公室里表现得古怪异常，这便是最令我苦恼的事情了。我喜欢沉湎在与事实相反的状态中，在这种状态中，他们不会发现我有一丝一毫的异常之处。我喜欢自己的那件刚毛衬衣[①]，在他们看来我的这件和他们的那件一模一样。我喜欢那种因为被认为没有区别而被钉上十字架的感觉。有些殉道比那些记录下来的圣徒和隐士的殉道更加不好理解。我们的精神意识也会受到折磨，正如我们的肉体和欲望会受折磨一样。无论是精神意识中，还是肉体与欲望中，都存在着某种性感……

如出一辙

  我找寻着，却没有找到自己。我属于菊花的时令，整齐地长在花

[①] 旧时某些宗教信徒为了惩罚自己穿的一种衣服。——译者注

盆里。上帝令我的灵魂成了一个装饰对象。

  我不知道，是什么样浮夸过度和精挑细选的细节，养成了我的脾气秉性。如果我喜爱菊花这种观赏植物，那一定是因为，我感觉菊花的某些品质与我灵魂的本质如出一辙。

担　子

  感受这副担子哦！硬着头皮去感受这副担子哦！

那时的弥撒

  连续下了多日的雨停了，天空又恢复了曾褪去的蓝色，这蓝色在高高的天上弥漫开来。街上的水坑像乡间的水塘一样消沉困顿，人们头顶上的天空则洋溢着一股清晰且清冷的愉悦气氛。两相对比之下人们发现，肮脏的街道变得舒适宜人了，冬日里沉闷的天空也似乎有了春意。今天是主日，我无事可干。今天的天气真是太棒了，我甚至都无心做梦。我的感官十分真切地享受着今天，我的心智也对它俯首帖耳。我像一个获得了解放的店员那样走着。我意识到自己上了年纪,唯有如此,我才能感到自己正重返青春,从而心生愉悦。

同样是在今天,巨大的主日广场上却是一片忙乱的庄严气氛。刚在圣多明戈斯教堂做完弥撒的人正走出来,另一场弥撒马上又要开始了。我看到,有人正离开教堂,也有人还没有进去,因为他们正在等人,他们要等的人此刻并没有站在教堂门口瞧瞧谁正在出来。

所有这些都不重要。它们如同平凡世界中的万物,是沉睡过去的秘密与城垛。而我,则像是一个刚刚抵达这里的先锋,凝视着我冥想出来的这片开阔之地。

当我还是个孩子时,也曾参加过这个教堂的弥撒,或许是另一个弥撒,但我觉得我参加的是这一个。出于尊重,我穿上了仅有的一件好衣服,享受着弥撒过程中的每一分钟,哪怕其实没什么特别之处可供享受的。彼时,我还活在身外,那身衣服干净而崭新。

当一个小孩牵着妈妈的手,快要死去却对此浑然不知时,他还能想要什么呢?

曾经,我很是享受这一切,但只有到了现在我才意识到,我当时有多么享受。彼时,我会像是要经历一件神秘的大事那样去做弥撒,最后做完弥撒出来时,如同进入了一片空地。那时的弥撒,真的就给人以这种感觉,现在的弥撒也真的仍然如此。变了的只是那个自我,那个不再信神、如今已经长大了的自我,那个有着一副会记事会哭泣的灵魂的自我——只有这个自我才是虚幻和困惑的,才会悲痛,才会伤心。

的确,倘若我记不起来自己曾经的模样,现在的我将令人难以忍受。刚做完弥撒正离开的这群人,以及正在聚集的准备参加下一场弥撒的另一群人,就像是水流平缓的河上擦肩而过的两条船。我的房子就建在岸上,我打开窗户,就能看到下面的这条河。

记忆、主日、弥撒、曾经有过的愉悦心情、时间产生的奇迹,这一切一直都在,因为它们都已经是旧事了;又因为它们都是我所经历的,我便永远不会忘了它们……我正常的感觉出了不可思议的差错。广场附近突然传来了老式马车的声响,在无数汽车嗡嗡作响的寂静深处,马车的车轮嘎吱作响。由于时间慈母的犹豫不决,直到今天,这声响仍犹如在耳。就在这里,在今天的我和我已经失去的之间,我回首观望,一眼就看到了自己……

梦　想

有的人有一个极为远大的人生梦想,但他们从来不会实现这个梦想。还有人没有梦想,因而也同样从来不会圆梦。

荒谬的意识

在心智的掩盖下，人们永远会循着自己的本能生活，在我仔细思考的问题当中，这是最经常被揣摩、最为重大的问题之一。在我看来，有意识地人为粉饰，只能更加暴露出意识掩饰不了的无意识。

从生到死，人一直都是那套外部标尺的奴隶，这套标尺同样也禁锢着动物。终其一生，人都谈不上生活，只是如同植物一般茁壮成长，只不过人的成长过程比动物的更加迅猛、更加复杂。人被一些规范牵着鼻子走，却对此浑然不觉，甚至都意识不到这些规范的存在。人的一切思想、感受、行动，都是无意识的——不是因为它们当中不存在意识，而是因为不存在两种意识。

偶尔，我们也会灵光一闪，意识到我们其实生活在幻象中——唯一能凸显出人是最了不起的动物的，就是这一点了。

在漫无边际的遐想中，我琢磨起了普通人的平凡经历。我发现，普通人几乎在每一件事上都沦为了奴隶，他们的主人包括：潜意识的性情、种种无关的局势，还有各种社交与反社交的冲动情绪——人们就像微不足道的物件，在它们当中来回碰撞，与它们冲突对抗，为它们争执。

我已经无数次听人们说过那句老话了，它道出了一切荒诞离奇、一切虚无缥缈、一切人们说出来的对自己生活的漠视。这就是人们在提到物质方面的满足时会说的那句："这就是我们从生活中拿走的……"拿到哪里去？怎么拿走？为何拿走？倘若用这样的问题把他们从黑暗中唤醒，那就未免太悲哀了……

只有物质主义者才说得出这样的话，因为说出这种话的人，不管他是否明白这一点，都是物质主义者。他打算从生活中拿走什么？打算如何拿走？他会把他那剁碎的猪肉、红酒与女性朋友带到何处去？他要把他们带到他不相信的哪个天堂中去？他又要只带着腐朽——他全副生活的潜在本质——下到哪一层地狱去？我想不到比这句话更具悲剧色彩的话了，也想不到比它更能揭露人类之本性的话了。假如植物能够意识到自己很是享受阳光的滋养，它们恐怕也会说这样的话了。如果动物的自我表达能力并不比人类弱，它们恐怕也会如此形容自己那梦游般的快感了。也许，甚至就连我在带着对这些话语残留的模糊印象写下它们时，也会把我还记得写过它们，想象成是我"从生活中拿走的"东西。正如人们要为普通的死尸找一块平常的地面下葬一样，我在等待过程中写下的这些如死尸般无用的散文，也会在平常的日子中被慢慢遗忘。一个男人那剁碎的猪肉、他的酒、他的女性朋友——那个要取笑这一切的我，又是谁呢？

互不相识的自家兄弟，继承自同一血统的各支后裔，遗传自同一母体的不同后代——我们当中有哪一方可以不认另一方呢？我们也许可以不认妻子，但却不能不认母亲、不能不认父亲、不能不认兄弟。

我无法停止写作

每当我完成了什么事情时，我都会感到震惊，震惊的同时也觉得忧虑。我那完美主义者的天性本该让我无法完成的，本该让我甚至都不想开始的。但是，我还是设法摆脱了完美主义，开始干起了事情。我所达到的成就并非自己意志作用下的产物，而是意志屈从后的结果。我之所以会开始，是因为我不具备思考的力量；我之所以会结束，是因为我不具备退出的勇气。这本书就是我胆小怯懦的写照。

如果说，我经常会用一段形容风景的描述——某种程度上，这番描述与真实存在的或想象出来的我的各种感受相符——打断一段思路，那是因为我所描述的这幅景象就是一扇门，穿过它，我从缺乏创造力的自我意识中逃脱出来。在我与自己展开对话，从而形成这本书的过程当中，我觉得有必要突然停下来与别的东西说说话。因此，我才会对那盏正如现在这样悬挂在屋顶上的灯说话，这些屋顶微微发亮，好像被弄湿了；有时，我又会去和城里的山坡搭讪，山坡上种着高高的树，它们在微微晃动着，这些树密不透风地挨在一起，显得有些奇怪，似乎快要在沉默中倒塌了；有时，我又会和那些陡峭高耸的房子说话，它们像海报那样交叠着，那些窗户仿佛就是海报上的字母，而那正在落山的太阳，则在它们那未干的胶水上镀上了一层金色。

如果我不能写得更好，那我为何还要写作呢？但是，如果以前的我不尽自己所能地——无论那时的我和现在的我相比，写作能力有多么低下——写作，那我又会变成什么样呢？我在发雄心树壮志时是个凡人、是个平民，因为我试图有所成就；就像有人害怕黑暗的房间一样，我害怕默默无语。

我像那些珍视奖牌、把它看得比赢得它的那番拼搏过程还重要的人一样，披着毛边斗篷，细细品味着荣誉的滋味。

对我而言，写作就是狠批自己，尽管如此，我还是欲罢不能。

写作无异于失去自己，没错；可是，每个人都会失去自我，因为万物都会失去自身。不过，我在失去自己的过程中却感受不到丝毫的快乐——不像流进大海的河流，大海就是它悄然诞生的原因；而像涨潮退去后留在沙滩上的小水坑，滞留在其中的水只会渗入沙子，永远都不会回到海洋。

感觉的仆人

我如果仔细地考量一下人类所过的生活，就会发现，人过的日子与动物的几乎没什么区别。人和动物其实都身陷各种事物与这个世界当中——只不过他们没有意识到这一点。他们都有着闲暇时光，都会日复一日地完成同样的生理机能循环，大部分人都止步于自己所想到的，都不会去过自己没过过的日子。猫沉迷于晒太阳，然后就跑去睡觉。人沉迷于生活，沉迷于复杂多变的生活，然后也跑去睡觉。无论是猫还是人，都摆脱不了自己是什么样的存在这一宿命法则。无论是猫还是人，都很少试图摆脱存在这副压在身上的重担。最伟大的人都热爱荣耀，但带来这荣耀的不是个人的不朽，而只是抽象的不朽，这些伟大的人无须亲自去成就这种不朽。

我经常会冒出这些想法，这反而让我羡慕起了自己原本会憎恶的那种人。我指的是神秘主义者和禁欲主义者——所有西藏人中的隐居者，所有柱子顶上的西蒙圣徒们（苦行者）。这些人虽然采取了非常荒诞的手段，却无疑是在试图挣脱动物法则的束缚。这些人虽然表现得疯狂，却是在真切地抵制生活的法则。其他人则都遵循着这一法则，沉迷于晒太阳，坐等死亡的来临，而不去琢磨琢磨这一法则。他们真的是在寻求，哪怕身处柱子顶端；他们真的是在渴望，哪怕在暗无天日的洞穴中；他们渴求了解自己未知的，哪怕自己不得不受苦受难，不得不牺牲殉道。

我们当中的其余人，则在不同程度上过着动物的日子。我们像跑龙套的那样，一言不发地在人生舞台上走了个过场。走过舞台时，心中会升起一股浮华的庄严感，如此我们便满足了。

狗与人、猫和英雄、跳蚤与天才——大部分都在敷衍着生存，却没有在广袤寂静的星空下思考过生存这件事（我们当中最高级的生物，只思考过思考这件事）。而另一批人——不怕痛苦、甘于牺牲的神秘主义者——则至少在他们的身体和日常生活中，感受到了神秘的魔幻力量。他们已经挣脱了（生存法则），因为他们拒绝去看那显眼的太阳。他们明白充裕是什么样的，因为他们已经把这世界的虚空从自己体内清空了。

说到他们，我几乎感觉自己也要成为神秘主义者了，尽管我清楚，我顶多只会在来了兴致时写下这些话语，却从来不会采取实际行动。我将永远属于杜拉多尔街，就像所有人那样。我将永远——在诗句或散文里——是一个办公室职员。我将永远——无论是否持神秘主义论——待在原处、服服帖帖，做我感觉的仆人，感觉来了时，我就立刻跟上。我将永远——在寂静的巨大的蓝色天穹下——在一个自己无法理解的仪式中做一个伴童。我特地穿上了盛装，按部就班地迈步走路、摆好姿势、摆正站姿、露出表情，却不知道为什么要这样做。直到这场盛事——或是我在其中要走的过场——结束了，我就能回到之前被告知的位于花园后部、就在下方某处的那些大帐篷中，自己弄点东西吃吃了。

我害怕

……而我，这个不敢明目张胆地憎恶生活的人，则在怕死的同时还对死亡着迷。我害怕这可能会变成其他事物的空无一物，我既怕它空无一物，同时也怕它变成别的事物。我害怕得就好像那里会同时出现巨大的恐怖和什么都不存在这两种现象；我害怕得就好像我的棺材能关得住一具拥有肉体的灵魂那永不停息的呼吸；我害怕得就好像不朽会受到禁锢的折磨。地狱这个想法——只有撒旦般的人心才会想出地狱——在我看来，似乎就是这种思想混乱的产物——两种不同的恐惧混杂在一起，相互排斥的同时又相互毒害。

心灵的支撑

我们这一代人出生在这样一个世界中：那些既不乏头脑又有心的人，得不到任何支撑。之前的几代人大肆破坏，留给了我们一个千疮百孔的世界：论宗教，这个世界无法提供庇护；论道德，这个世界给不了指导；论政治，这个世界无法安宁下来。我们就出生在这样一个混乱的世上：玄学痛苦、道德焦虑、政治动荡。我们之前的数代人，沉醉于客观的方程式，仅凭一些推断与科学的方法，就贸然推翻基督教信仰这一基石。他们对《圣经》的批判——从文本层面上升到谬论批判层面——已经把福音书和更早期犹太人的经文《旧约》，贬低成了一堆非常不可靠的神话、传说与文学作品。而他们那种科学的批判，则慢慢揭露了福音书中"原始"科学的错误，戳穿了其中一些天真的看法。与此同时，自由质问的精神，也把所有的玄学问题都摆到桌面上来了，捎带着也把与玄学有关的宗教问题摆了出来。这几代人沉醉于其所谓的"实证主义"这个模糊的概念，批判一切道德，审查所有的生活法则。教条崩溃的唯一后果就是，它们当中没有哪一条是可以确信的，崩溃后留下的痛苦也是不确定的。一个如此不受其文化基本准则束缚的社会，明显会不由自主地在政治上沦为其自身混乱不堪的受害者。

有鉴于此，我们才意识到，这是一个急于要开展社会改革的世界，一个高兴地追寻它不曾把握过的自由，追求它从未阐明过的进步的世界。

不过，尽管我们在继承了父辈们那草率的批判精神后，不再可能成为基督徒了，但这并不意味着我们就默认自己不能；尽管这样一来，我们不再相信既成的道德准则，但这并不意味着我们会漠视道德和令人类和平共处的那些规则；尽管这样一来，那些棘手的政治问题就悬而未决了，但这并不意味着，我们就不再关心如何去解决它们了。我们的父辈们毫不在意地大搞破坏，因为他们所生活的那个时代，仍然带着过去岁月的固有特征。他们所破坏的恰恰是社会的力量源泉所在，他们生活的那个时代恰恰能够让他们在没有注意到社会这座大厦正嘎吱作响的情况下去搞破坏。我们则全盘接受了这场破坏和它所造成的各种后果。

抽象的命运

玄学理论能够欺骗我们一刻，让我们以为自己已经解释了无法解释的现象；道德理论能够愚弄我们一时，让我们以为自己最终明白了，所有那些关着的门中，有哪几扇是通往美德的；政治理论能够蒙蔽我们一天,让我们相信自己已经解决了一些问题,可事实上,除了数学问题,很少存在可解的问题……但愿我们对生活的态度,能在这种明知不可为而为之的徒劳行为中得到概括,能在这样的全神贯注中得到归纳,这样的全神贯注虽不能令人愉悦,但至少能让我们免受痛苦的袭扰。

我们也许是奴隶,被诸神的意念铸成的镣铐锁着,这些神尽管比我们强大,但其处境也不见得更好,他们也被——和我们一样——一个抽象的命运的铁手钳制着,这个抽象的命运凌驾于公正与友爱之上,不为善恶所动。

暴风雨来临前

今天是个炎热而富有欺骗性的日子,自打天亮开始,大朵大朵边缘呈锯齿状的乌云,就一直在这座压抑的城市上空徘徊着。它们就这样冷冷的,一朵压在另一朵上面,一直延伸到天空与河口的交汇处。在乌云这样排着队铺展开去的同时,一出悲剧也在被乌云挡住的日光下,在街上那种模糊的怨气中发出了它的预警。

中午时分,我们出去吃了午饭。此时,乏味的空气中弥漫着一股不祥的期盼的味道,久久不能散去。只见一缕缕破碎的乌云在近处的天上聚集起来,变得愈发黑暗昏沉。城堡那边倒是无云的晴空,但那一片蓝色的天空中却藏着一些不好的兆头。太阳出来是出来了，却一点儿也不诱人。

一点半时，我们回到办公室。此时，天空似乎又放晴了一些，不过，这种情况仅见于靠近河口的老城区某一处的上空，那里的天空确实更加亮堂。在城市的北边，条状的乌云慢慢聚合成一朵消散不开的大乌云，这朵云长着黑色的四肢，肢体末端伸出并不锋利的灰白色的脚爪，它迈开这些爪子往前爬去。它很快就要爬到太阳那边去了。这时，平日里喧闹的城市似乎都噤声了，就像是在等待着这一刻的到来。再往东去，天空又放晴了一些——或是看起来如此，但是，那边已然热得更加让人受不了了。我们身上都在冒汗，躲在大办公室的阴凉处。"一场巨大的雷阵雨要来了。"莫雷拉说道，接着便翻开了账本。

时至三点，太阳已经起不了什么作用，必须要开灯（这真让人沮丧，现在可还是夏天啊）。

先是打开了办公室后部的灯，有货物在那里包装好等待运输；接着，办公室中间的灯也打开了，在那里填写交货单和标记铁路凭证号码的职员，已经越来越难看清单证上的字迹了；最后，快到四点时，甚至就连我们这几个坐享窗口便利的职员，也不再能够在光线充足的情况下工作了。整座办公室都被电灯照亮。森霍尔·瓦斯克斯猛地打开他那间私人办公室的门，说道："莫雷拉，我本来是要去本菲卡[①]的，可现在恐怕不行了——快要下大雨了。"

[①] 曾是里斯本的一处远郊，现已是里斯本的一个完全成熟的郊区了。

"乌云就是从那边过来的。"莫雷拉说道,他住在阿维尼达①附近。街上的嘈杂声突然变响了,而且更清楚了,但有些和之前的不太一样。我不知道为什么会这样,不过,一个街区以外,有轨电车的铃声倒是有了几分悲怆。

要是早晨不会破晓就好了

这可真是一个令人害怕的时刻啊,我蜷缩起来,为的是可以死去或直面死亡。

要是早晨不会破晓就好了。要是我与这间凹室还有我身处其中的这凹室里的空气,能够在精神意义上化为黑夜,能够在绝对意义上化为黑暗就好了;如此一来,不管留下来的是什么样的事物,顶多也就只有自己的影子这样的事物会留下来,任由我的记忆玷污。

---

① 可能指的是里斯本中部的阿维尼达·达·立博达德(Avenida da Liberdade)。

新奇感

　　一个人若是打破了自己的常规套路，他的灵魂便总能感受得到。在灵魂看来，这样的改变就像令人头脑清凉的新奇感，就像微微令人不适的快感。任何一个习惯了到六点才离开办公室的人，要是五点时就离开了办公室，都免不了会产生一种精神放假的感觉，还会体验到一种特别的感受，就好像因为不知道自己要干什么而感到悔恨。

　　昨天，我四点就离开了办公室，因为我不得不去远处的一个地方去打理一下某个业务。五点时，我已经将事情办好。一般在这个时候，我并不习惯出门在外，此时，我却发现自己身处一座异样的城市里。柔和的光照在寻常的建筑立面上，显得宁静无比、一无所用。城里的路人与我擦肩而过，像是刚刚从行驶了一夜的船上下来的水手。

　　我回到了办公室，办公室还没有关门，同事们自然都很吃惊，因为我已经和他们告别过了。哦？你又回来了？是的，我回来了。我在办公室里时，只和所有这些从精神意义上来说并不是为我而存在的熟悉的面孔待在一起时，是可以不用硬着头皮去感受的。某种意义上，办公室就是家——也就是那个不用去感受的地方。

如果有人欣赏我的作品

有时候，我会带着忧伤的欣喜想，如果有一天（我不会活到的将来的某一天），我写的那些句子被人读到了且受到了赞赏，那么，我就算是终于拥有了属于自己的亲人，也就是那些"理解"我的人。我会出生在这样的家庭，并会被这样的家人爱着。但是，事与愿违的是，我不光不会出生在这样的家庭，而且还会在有机会出生在这样的家庭之前便已死去。我只能以雕像的形式得到理解，一旦我被铸成了雕像，感情便再也无法弥补那份冷漠——这冷漠是这个死去的人活着时的遭遇。

也许有一天，他们会明白，没有人像我这样履行了自己与生俱来的义务——像我这样诠释了我们所处的这个世纪的一部分岁月；而当他们明白了这一点后，他们就会写下这样的文字：在我生活的年代，我被人们误解了。我周围的人都很不幸地对我的工作冷眼旁观、无动于衷，而我受到了这样的遭遇，这可真是遗憾。不过，不管写下这种文字的是谁，他也不会理解将来他那个时代文坛中的另一个我，正如我这个时代的人不理解我一样。因为大部分人只会去学对他们的曾祖父母那辈人可能会有用的东西。

在我写作的这个下午，雨终于停了。空气中洋溢着一丝愉悦之气，几乎让皮肤凉得有点受不了了。白天将尽时，天色并不是一片灰暗，而是呈现出灰蓝色，甚至连街上的铺路石都泛着一抹朦胧的蓝色。活着会受伤，但痛苦却在远处，去感受是没什么大不了的。某家店铺的窗户亮起了灯光。在更高处的窗口，有人俯瞰着那些正在收拾东西、准备结束一天工作的工人。那个与我擦肩而过的乞丐,他如果认识我,一定会大吃一惊。

不知道几点了,天色又暗了一些,此时,建筑物上映射出来的那抹蓝色更加暗淡,愈发显不出蓝色。

缓缓地,这一天最后的时光降临了。此时此刻,那些心怀信念却被人误解的人,正不知不觉地带着愉悦的心情(甚至是痛苦的)从事着他们的日常劳作。缓缓地,最后一波日光洒下来,这个无用的下午中的忧郁之情消失了,渗入我心中的那股无雾的烟气也散去。缓缓地、轻轻地,这个水汽滋润的下午那闪闪发亮的透着蓝色的灰暗天色——这天色缓缓地、轻轻地、悲伤地笼罩在阴冷而单调的大地上——褪去了。缓缓地,看不见的灰色消褪了,令人痛苦的单调不见了,令人无法入眠的乏味也消失了。

感伤时间的流逝

我对时间的流逝感到深切的悲痛。这种悲痛中总是夹杂着夸张的情感:我丢下了一些东西,肯定有什么东西被丢下了。我租住了几个月的那间简陋的屋子,我待过六天的地方旅社里的那张餐桌,甚至就连我等了两小时车的那个火车站里糟糕的候车室——是的,这些事物的逝去都令我悲痛。但是,生活中那些特别的事物——当我丢下它们，并且无比真切地意识到，我永远不能再次见到或拥有它们，至少不能恰好在同一时刻再次见到或拥有它们时——却会令我产生玄学意义上的悲痛感。我的灵魂裂开了一道口子，上帝主宰的时间刮来一阵冷风，从我苍白的脸上吹过。

  时间！过往！有些事物——一段声音、一首歌、一股偶然闻到的香味——撩开了我灵魂的记忆之帘……那些我扮演过的但永远不会再次扮演的人生角色！那些我拥有过但再也不会拥有的那些死去的人！那些在我小时候疼爱过我的死去的人。无论何时，我一回想起他们，整副灵魂就会颤抖起来，感觉别人心中都容纳不下我了；感觉自己孑然一身沉沦在暗夜中，像是一个家家户户的门都对他默默关上的乞丐一样哭泣着。

孤独的甜蜜

  因为既没有家人也没有伴侣能让我产生那份甜蜜感，自开始流亡的那一刻起就产生了那种愉悦体会。在这种体会中，作为侨居者的那份自豪感，会以一种奇怪的感性压制住我们因为远离故土而产生的那种迷迷糊糊的焦虑感——我以我自己的方式，不加区别地享受着所有这些感受。这是因为，我精神态度的信条之一便是，我们不应当过分地培养我们对感受对象的注意力，甚至应当以居高临下的态度对待梦，应当高傲地认为，梦离开了我们就不能存在。过分地看重梦无异于过分地看重某些终究还是会挣脱我们远去、将自己的形象树立起来作为现实的事物。这些事物终究会远离我们，从而失去可以享受到我们的特殊对待这一权利。

这就是我要过的人生

平凡是炉底的石头。平庸是母亲的膝头。在经历了一次劳师远袭——突入了那不可一世的诗歌的内部，征服了那令人仰止的渴求的高峰，攀上了那超凡神秘的绝壁——之后，再回到那间被乐呵呵傻笑着的蠢人们占据了的客栈。像又一个傻蛋（这就是上帝造出的我们的样子）那样与他们同欢共饮，对造物主赐给我们的这片天地感到心满意足，将其他的地盘留给那些意在登山、登顶后却无所事事的人——这样的感觉品味起来，真是比感觉良好还棒，人生中所有温馨的感觉莫不如此。

倘若有人告诉我，某个我认为非疯即傻的人，在人生的许多成就和细节方面超越了普通人，我也不会感到惊讶。癫痫患者在抽搐时会爆发出惊人的力量；妄想狂具备普通人少有的能够匹敌的超凡的推理能力；宗教狂人会在自己身边聚集起大量的信徒——很少有（如果有的话）蛊惑人心的政客能做到这一点，并且拥有强大的说服力——政客们无法令他们的追随者如此死心塌地地追随自己。而所有这一切都证明了疯狂之人的确非同寻常。比起在荒漠中获胜——这胜利的灵魂中除了一片黑暗，就只剩下它那与世隔绝的虚无了——我宁愿失败却知晓花儿的美丽。

甚至，就连我在镜花水月般地做梦时，也会频频憎恶自己的内心活动。在梦中，我一想到神秘主义、一开始发呆沉思就会真切地感到恶心。梦醒之后，我又会无比飞快地从我做梦的那间屋子奔向办公室，当我看到莫雷拉的那张脸时，就好像是一艘船最终停泊在了码头。

当该说的都已经说过了，该干的也都已经干完了之后，我便会更加喜欢莫雷拉而非精神世界；我便会更加喜欢现实而非真相。是的，我便会更加喜欢生命而非创造了生命的上帝本尊。因为这就是他赐给我的生命，这就是我要过的人生。我之所以做梦是因为我会做梦，但我却只把我的梦看成是自己在演戏，从而免受了不把它看成是演戏时所要遭受的耻辱。同样，我甚至也没有把酒——尽管我喜欢喝酒——看成是养分的源泉或重要的必需品。

写作即物化梦

有时候加入别人、与别人合作或是共同行动，都是带有玄学意味的病态冲动。神赋予每个人的灵魂，不应该因为要维系与他人的关系而被迫出让。生存这一神性的事实，不应该屈从于共存这一魔性的事实。

我与他人共同行动时，便失去了至少一样东西——独自行动。

当我参与到一件事情中时，我的能力看似增长了，实际上，我却把自己束缚住了。有时协同干事就是寻死。对我来说，只有我自己的意识才是真的。他人只是这一意识中朦朦胧胧的景象，如果把他人太当真的话，那就会陷入病态中了。

孩子们不惜一切代价都要自己闯出一条路来，他们离上帝最近，因为他们想生存下去。而我们作为成年人，却活得如此堕落：我们施舍别人，也得到别人的回报。我们纵情于共存，让自己的个性在其中白白地泯灭。

每一个说出口的词语都出卖了我们。我唯一能忍受得了的交流形式就是写下来的词语，因为它不是灵魂（人与人）之间的桥上石，而是星星之间的一束光。

解释就是不信。每一种处世哲学都是打扮成永恒的交际手段……

与交际手段一样，处世哲学没有实质内容，不是因为自身存在着，而是完全纯粹地替某个目标存在着。

对一个发表作品的作家而言，唯一高贵的命运就是他应得的名声遭到否认。但是，真正高贵的命运却属于不发表作品的作家。但不属于不写作的人，因为不写作的人不能算是作家。我指的是本性就爱写作的作家，但其精神上的习性，让他不想披露自己写的内容。

写作就是把梦物质化，就是营造出一个外部世界，并将其作为对我们身为创造者这一本性的物质奖励。将写出的内容发表出版，就是将这个外部世界交给他人；可是，如果我们和他们共有的那个外部世界就是"真实的"外部世界，就是那个由可见的有形物质构成的外部世界，那又何必这样做呢？别人与我心中的那个宇宙又有何关系呢？

诗　人

持有看法就是把你出卖给自己。不持有看法就是要生存下去。对每一件事情都持有看法，就是要做一名诗人。

内心生活

我们感觉的种种波动，即便是那些最令人愉悦的波动，都注定会打扰到自身感觉那神秘莫测的内心生活。细微的关注也好，深深的担忧也罢，都同样会令我们分心，都会让我们无法做到许多人都求之不得的内心安宁，无论我们是否意识到这一点。

我们几乎一直活在身外，生活本身则是个持续不断的离散过程。但是，我们虽游离在身外，却面朝着自身。我们仿佛像是行星，远远地围绕着一个中心，在一个荒谬的椭圆轨道上转圈。

做梦有什么好处

做梦有什么好处？

我把自己折腾成了什么样子？一无所成。

要在黑夜中化为精神……

心里的塑像，没有轮廓；身外的梦，缺乏梦之精髓。

救　赎

啊，夜里这样做，感觉好不超凡脱俗……

我沿着城市的街道走着，用我的"心目"盯着那些建筑的立体面、建筑结构上的种种差异、建筑方面的细节、亮着灯的窗口、令每个阳台都显得与众不同的盆栽植物——是的，眼看着所有这一切，我由衷感到多么舒畅啊。此时，我意识的双唇会开启，发出一声终得救赎的呐喊。

可是，这一切却没有一个是真的！

我喜欢散文的理由

就艺术形式而言，我之所以更青睐散文而非诗歌，原因不外乎两点。第一点纯粹是私人原因：我别无选择，因为我没本事写诗；不过，第二个原因却是人人都有的，并且我不认为它仅仅是第一个原因的影子或伪装。第二个原因值得较为细致地查看，因为它触及了一切艺术价值的本质。

在我看来，诗歌是音乐与散文之间的一个过渡阶段。和音乐一样，诗歌也受到韵律法则的约束，即便有时候这些法则不是严格的韵律法则，也仍然作为停顿符号、约束标志、压抑与斥责的自动机制而存在着。在散文中，我们可以自由地发言。我们可以吸收音乐的韵律，与此同时还能思考。我们可以吸收诗歌的韵律，却仍然游离于诗歌之外。散文中偶尔出现诗歌的韵律，并不会因此被打散，但是，诗歌中若是偶尔出现散文的节奏，则会溃不成诗。

散文包罗万艺，部分是因为词语囊括了整个世界，部分还因为不受拘束的词语中自有一切可说可想的。在散文中，我们能够通过词语转换变出万物：我们能变出颜色与形象。绘画只能通过自身直接呈现它们，却不能赋予它们内部的尺度；我们能变出韵律，同样，音乐也只能通过自身直接表现它们，却不能赋予它们有形的身体，更不用说令它们具备思想这个第二身体了；我们能变出建筑，建筑师必须要借助别人给他的实实在在的外部物件，才能建造出建筑，我们则会用节奏、迟疑、延续与流畅建造出建筑；我们能变出现实，雕刻家只能将现实留在世上，丝毫不会抱有类似圣餐变体的妄想；最后，我们还能变出诗歌，诗人在诗歌面前就好比刚刚加入秘密协会的成员，要（尽管是自愿地）遵守纪律、服从规矩。

我个人认为，在一个完美的文明世界中，除了散文，其他一切艺术都不存在。在那样的世界中，落日是什么样的，我们便会任由它什么样。艺术的唯一用途便是以文字的方式去理解落日，我们会以明白易懂的颜色乐章去表达落日。我们不会去塑造身体，而是让它们保存着自身那柔软的外形与柔和的温度——正如我们看到和摸上去的那样。我们建造房子，只是为了能住在里面，这本来就是建造房子的目的。在那样的世界中，只有小孩子才要写诗，那也是为了日后能写散文，因为诗歌明显带着孩子气、有助于记忆，明显是基础的和辅助的。

甚至，就连我们所谓的非主流艺术，都能在散文中找到自己的影子。有那种会在自己面前跳舞、唱歌、朗诵的散文；也有编排得曲折动听的言语韵律，这种韵律以真正堪称典范的感性褪去了思想的外衣，表达出本真的思想。此外，在散文中，那位伟大的演员——词语，还会摆出微妙的姿势，还会富有节奏地将宇宙那难以参透的奥秘转变成自身的实质。

生活不依赖于你的意志存在

读书即是做梦,是被别人的手牵着做梦。漫不经心、三心二意地读书,无异于放开了这只手。要想博览群书、获得深刻的见解,最佳的方式就是浅尝辄止、不求甚解。生活多么粗鄙、多么卑劣啊!要注意的是,尽管生活难免会归于粗鄙,流于卑劣,但生活对你的全部要求便是不要去索求它,它终究会来到你身边;并且,生活中没有什么是依赖你的意志而存在的,甚至都不会寄托于你意志的幻象。寻死就完全是另外一回事了。这就是为何自杀是一种懦弱的行为的原因:自杀就是我们彻底向生活缴械投降。

艺术是替代品

艺术是行动或生活的替代品。如果说,生活是情感有意识的表达,那么,艺术就是这份情感有智慧的表达了。我们没有占有的,我们没有尝试的,我们没有做到的——不管是什么,都可以通过做梦去拥有,而这些东西,便是我们用来制作艺术的素材。

其他时候,我们的情感则显得太过强烈——哪怕已经沦为了行动,这种行动还是不能完全满足它;而剩下的情感,没有在生活中表达出来的那部分情感,则被用于生产艺术品。

于是便有了这么两类艺术家:一类表达他没有占有的;还有一类表达他曾经占有过并剩下的。

我还不能放弃写作

人最大的悲剧之一就是,埋头去做一件作品,待到完成之后才发现,这件作品并没有多好。而当一个人意识到,这件作品就是他所能做出的最好的作品时,这出悲剧就尤其可悲了。但是,谈到写出一部作品时,由于我们动笔之前就明白,这部作品注定有缺陷,注定不完美;而且我们还知道,在写作过程中,它也是有缺陷和不完美的——因此,这可谓最大的精神折磨与羞辱了。我不仅对我现在写的诗不满意,而且还知道,我也不会对我将来写的诗满意。我是在哲学意义上知道这一点的,同时,我本人也事先通过预感的模糊一瞥,看到了这一点。

那么,我为何还要写个不停呢?因为我仍然还没有学会如何像我所宣扬的那样彻底放弃写作,我还不能放弃我对诗和散文的倾心。我不得不写,就好比我正在行刑,而最大的惩罚便是,我知道自己无论写了什么都是徒劳无益、有缺陷和不确定的。

我还是个孩子时,就写下了一些处女诗。尽管这些诗非常蹩脚,但在我看来,它们似乎是无懈可击的。我将再也产生不出那种觉得自己在产出完美作品的虚幻快感了。今天,我写出来的作品比小时候好多了,甚至比那些最优秀的作者所写的某些作品还要好。但是,若是与我不知道出于什么原因,觉得自己能够——或许是应该——写出来的那些作品相比,这些作品还是没法比,差得太远了。我为自己写的那些差劲的处女诗而哭泣,就像为一个死去的孩子哭泣,为一个死去的儿子哭泣,为消失了的最后一线希望哭泣。

两条真理

　　我们活得越久,就越是会相信这么两条相互矛盾的真理。第一条便是,与生活的现实相比,一切来自文学和艺术的想象虚构都是相形见绌的。的确,相较于我们从生活中得到的快乐而言,这些想象虚构会带给我们更加高级的快乐。但是,它们却恍如幻梦,尽管它们能给予我们生活中体验不到的感觉,还能把生活中从来不会相遇的各种文学艺术形式组合到一起。可是,它们终究还是梦,会随着我们的醒来而消散,既不会留下记忆,也不会留下念想,从而让我们无法在日后凭着记忆和念想再过一生。

　　另一条真理是,由于每一个高贵的灵魂都想要完整地过完一生——经历所有的事物、去所有的地方、体验所有的感觉——并且由于这在客观上是不可能的,因此,高贵的灵魂过完一生的唯一方式,便是主观地活着；只有否定生活，才能拥有全部生活。

这两条真理是相互排斥的。聪明人不会试图去调和它们，也不会否定其中的某一条。但是，他将不得不信守其中的一条，并且会时不时地向往他没有选择的另一条。抑或，他会把它们都否定了，独自在涅槃中超脱、获得重生。

有人除了接受生活自然的馈赠，不会去另外索取什么；他被猫的那种天性所引导，有太阳时就追求阳光，没有太阳时就追求保暖的地方，不管是何处能找到就行，这样的人是快乐的。有人更喜欢想象，并为此抛弃了自己的个性，以琢磨他人的生活为乐，他没有体验过所有的感觉，只是体验了所有感觉朝外的那一面，这样的人是快乐的。最后，还有人弃绝了万物，他身上没有什么好拿走的，没有什么可被削减的，这样的人也是快乐的。

乡下人、小说读者、真正的苦行者——这三类人都过着幸福快乐的生活，因为他们都抛弃了自己的个性：其中一种人之所以会这样，是因为他循着本性生活，而本性是没有个体差别的；另一种人之所以如此，是因为他凭借想象去生活，想象容易被遗忘；还有一种人之所以如此，是因为他不是在生活而只是在（因为他仍然没有经历过死亡）睡觉。

没有什么能满足我，没有什么能安慰我；曾经存在过以及没有存在过的每一件事物，都令我感到疲倦。我不想占有自己的灵魂，也不想抛弃它。我想拥有我不想要的，同时放弃自己并未拥有的东西。我既不能什么都不是，也不能什么都是：我就是那座桥，一头连着我没有的，另一头连着我不想要的。

庄重的悲痛

……每一个不凡之物,都有着庄重的悲痛——高山上有,伟人心中有,深沉的夜里有,永恒的诗里还有。

爱意味着死去

如果我们所做的一切都只是去爱,那么就可以去死了。

体验爱

我只被人真正地爱过一回。别人总是像对待朋友一般对待我,就连那些我几乎不认识的人,也很少会对我表现出粗鲁、无礼、冷漠。在某些人身上,这种对待朋友的方式在我的怂恿之下,原本可能会转化为爱情或感情,可我却从来没有那样的耐心,精神上也不够集中,甚至都不想让这样的转变发生。

起初我以为（我们对自己是多么缺乏了解啊），我的内心之所以明显对这类事情无动于衷，是因为我害羞。但我逐渐认识到，真正的原因其实在于，我觉得各种情感相对而言都是枯燥乏味的——不要把它与生活的枯燥乏味相混淆。我没有那份能让自己孜孜以求于一种感觉的耐心，尤其是当这样做需要我不断付出努力时。"这是图什么呢？"我不会思考的那部分自己会这样想。我有着明察秋毫的才智和洞若观火的心智，足以知道"如此这般"；但我却总是无法参透所谓的"如此这般背后的如此这般"。我的意志太薄弱了，所以我没有意志。无论是我的情感还是理智，都是这种情况，我的意志本身也是如此，我与生活打的所有交道都同样如此。

但是，每当造化弄人，让我以为自己爱上了别人，同时还想证明我所爱的那个人也爱我时，我的第一反应便是茫然、困惑、不知所措，就好比我用一种无法兑换的货币赢得了一项大奖。之后，因为没有哪个人能够不表露出人的本性，我便产生了某种虚荣感。

不过，这种原本可能有望变得最为自然的情感，很快便消失了。继之产生的是一种令人不适的感觉，这种感觉难以形容，只能说，其中夹杂着枯燥乏味、羞愧耻辱以及疲乏厌倦。

说到枯燥乏味，这就好比我在命运的安排下，每个有空闲的晚上都不得不从事一些不寻常且不熟悉的劳作；说到枯燥乏味，这就好比我被哭笑不得地强行摊派了一种新的义务——一种极度让人不快的互惠的义务，并且这份义务还披着特殊待遇的外衣，我还被指望要为此对命运感激不尽；说到枯燥乏味，这就好比生活中各种不期而遇的单调统统加起来还不够多，因而在所有这些单调之上，我还需要外加一份由一种明确的情感带来的不容推卸的单调。

而谈到羞愧耻辱——是的，羞愧耻辱，我可着实思考了一会儿才想明白了这种情感是怎么一回事，其起源似乎根本无法说明其存在方式。我本应当爱上被爱的这种感觉的。有人因为觉得我是一个可爱之人而对我倍加留意，这本来应当会激起我的虚荣心的。但是，在我短暂地感受到了真正的虚荣（即便是这种虚荣感，其中所包含的也可能更多的是惊喜而非虚荣）之后，我便领略到了羞愧耻辱。我觉得颁发给我的是别人获得的奖项——只有在真正值得拥有它的人那里，这奖项才具备一定的价值。

但是，我感受最为强烈的却是疲乏厌倦——这是一种在饱尝了枯燥乏味后才能体会到的疲乏厌倦。我终于弄懂了夏多布里昂写的一句话——之前由于我缺乏亲身体验，一直没有明白这句话的意思。夏多布里昂在谈到自己在作品中的化身勒内时写道："被爱令他感到疲乏厌倦。"

我在震惊中认识到，这种体验与我自己的体验如出一辙，于是我不得不承认，这种体验是真切的。

因为被爱、因为真正被爱而感到疲乏厌倦！因为成了他人那令人烦恼的各种情感的投射对象而感到疲乏厌倦！因为看到你——当你所要的就是永远保持自由之身时——摇身变成了一个送货的小伙子而感到疲乏厌倦。此时，你的职责就是要投桃报李，就是要懂礼貌守规矩、不要走开，免得会有人认为，你是一个不太重感情的人，你会拒绝一个人能付出的最高尚的情感。因为你的生存变得完全要取决于与其他人的感情所形成的一种关系而感到疲乏困倦！因为不得不去感受某物，不得不至少为了回报他人的爱去付出一点儿爱（哪怕这不是真正的投桃报李）而感到疲乏困倦！

那段难以捉摸的经历怎么来的，便也怎么去了，今天，无论是我的理智还是我的情感中，都已经找不到这段经历的影子了。这段经历给我带来的体验中，没有什么是我不能从人类生活的法则中推断出来的，这些法则我天生就知道，因为我是人类。这段经历没有给我带来快乐的回忆，让我可以带着悔意去回味；也没有给我带来痛苦的回忆，让我回想起来同样后悔不已。整个这段经历似乎就像是我在什么地方读到的某些内容，就像是发生在别人身上的一件事，就像是我已经通读了半部、另外半部却不知所踪的一部小说——但我并不介意少了另外半部，因为整个故事的前一半已经完整地展现在书中了，尽管这半部小说谈不上有什么意义，但我认识到，它从来就不可能具备任何意义，无论少了的那半部讲了些什么。

唯一剩下的感觉，就是我对那个爱我之人的感激之情了。但是，这是一种抽象而迷惑的感激之情，更多地带有理智而非情感的色彩。我为我令某人悲伤而抱歉；我为此抱歉，只为此抱歉。

我在生活当中，不太可能会再次体会到自然的情感了。我几乎是盼着能再次有这样的体会，我想知道，在对首次这样的体会做了彻底的分析之后，第二次有这种体会时我会做何反应。我可能会更加冷漠，也可能会更加动情。如果命运能让我再次有这样的体会，那倒也不错。我对我的情感充满好奇，可我对事实却一点儿都不好奇，不管它们现在是什么样，也不管它们以后会变成什么样。

冷淡的独立性

不屈从于任何事物——不管是人、爱情还是理念，表现出冷淡的独立自主性——不相信真理，甚至也不相信懂得真理（如果存在真理的话）后能派上用场；这些在我看来，似乎是那些活着不能不思考的人的那种卓有才智的内心生活应有的态度。从属无异于平庸。信条准则、思想观念、一个女人、一份职业——统统是囚牢与镣铐。存在就是要获得自由。甚至就连雄心壮志，如果我们以此为傲的话，也是障碍。如果我们认识到，雄心壮志只是供我们走的一扇后门，就不会引以为傲了。不，甚至都不会要它来束缚住我们自己！放过我们自己的同时也让别人获得自由，沉思但不要入迷，思考但不要下结论，还要摆脱上帝的束缚获得解放。如此，我们才能趁着人生这座监狱的管理人员疏忽之际，在监狱院子里享受到屈指可数的几次极为快乐的放风时刻。明天，我们就要上断头台了。抑或，如果不是明天，后天也是要上断头台的。让我们在生命终结前，悠闲地在阳光下散步吧，让我们刻意忘记所有的计划与追求。愁眉既展的我们将在阳光下笑逐颜开，人不再抱有希望后，连风吹在身上都会感觉凉爽宜人。

我把笔扔到歪斜的桌子上，看着它滚下去，并没有打算去接住它。不用事先警告，我就能感受到这一切。而我的幸福，便体现在这种我感受不到的愤怒状态中。

我们已厌倦了一切

"我们对一切都感到厌倦,理解除外。"这句话的意思有时难以把握。

我们对以得出结论为目标的思考感到厌烦,因为我们越是思考、分析、判断,就越难以得出结论。

于是,我们便陷入这种被动的状态中:我们只想弄懂对所提议题(无论是什么议题)的解释。这是一种美学态度,因为我们丝毫不关心所提的议题正确与否。同时,我们在自己的理解中所领悟到的,也只是解释议题过程中提到的各种细节,还有我们看重的这种解释蕴含着的那种理性之美。

我们厌倦了思考,厌倦了形成自己的意见,厌倦了为了采取行动而试着去思考。但我们却没有厌倦暂时地持有他人的意见,而我们这样做,也只是为了感知他们对我们的干涉,免得仿效他们。

人类荒唐的灵魂

甚至,除了我们做过的那些普通的梦——从灵魂的下水道里排出的那些令人厌恶的污物,没有人敢承认它们来自自己的灵魂,它们就像是散发着恶臭的幽灵、蒙上灰尘的气泡以及我们那压抑的感觉留下的黏质物，会令我们的夜变得压抑，那躲在自己角落里的灵魂在稍加努力后，还能认出何等荒谬、骇人和不可言说的事物来啊！

人类的灵魂是一座关着各种丑八怪的疯人院。如果一具灵魂能够如实地展现自身，如果它所具有的羞愧与谦逊还没有它为人所知并被命名了的各种可耻行径的影响更为深远，那么，它将沦为——就像真理所言的那样——一口井。但是，这是一口险恶的井，里面充斥着混沌的回音，栖居着面目可憎的生物、黏糊糊的不知道是什么的东西、行尸走肉般的鼻涕虫、刚愎自用的高傲之人。

万物都是命运

想要列一份怪物名录其实很简单，只需要以词语为镜头，拍下那些昏昏欲睡又睡不着的人，是如何度过夜晚的。镜头下，这些怪物如同梦境一般支离破碎，但拍下的景象并不能确凿地表明那些人没有睡着。这些怪物如蝙蝠般盘旋在被动的灵魂头上，又像是吸血鬼，吮吸着屈从之血。

它们是山坡上垃圾堆中滋生出的蛆虫，是填满山谷的阴影，是命运留下的残渣。有时，它们是寄生虫，为滋生并喂养了它们的那具灵魂所厌恶；有时，它们是鬼魂，险恶地围着虚空转悠；有时，它们突然冒出来，像蛇一样，从消逝的情感中的那些荒谬之洞里游了出来。

这些怪物的底气来自虚假，它们毫无用处，只能把我们变成无用的废物。它们是来自深渊的疑虑，拖着自己冰冷滑溜的身体从灵魂身上游过。它们像烟雾一样挥之不去，会留下痕迹，在我们的意识中，它们顶多相当于不能繁衍的物种。其中的一两只怪物像是内心的烟火，会在梦与梦之间绽放出火花，其余的怪物则是我们那无意识的意识所看到的模样。

灵魂就像是一根吊着的没有拴牢的带子，它既不存在于自身体内，也不代表自身存在。最美妙的风景是属于明天的，而我们已经见证过了。对话被截短了，嘶嘶作响。谁会想到，生活居然会变成这副模样？

若是我找到了自己，便会迷失，我怀疑我所发现的，我拥有不了已经得到的。我仿佛正在散步一般睡着了，却又是清醒的。

我又像一直在睡觉一般醒来了，我不属于我。生活的本质就是一次漫长的失眠，我们所想所做的一切，都是在无比清晰的神志不清中完成的。

如果我睡得着，我会很开心，这就是我现在的想法，因为我没有在睡觉。在无声的用梦做成的毯子之外，夜显得格外沉重，而我则把自己捂在这梦毯之下。我消化不了灵魂。

这一切都过去后，早晨总会像往常那样来临，但会来得很晚——也像往常那样。万物都睡着了，都很快乐，只有我睡不着、不快乐。我小憩了片刻，甚至都没有尝试着去睡。从当下的我内心深处的一片混乱中，涌现出那并不存在的怪物的硕大的头颅。这些怪物都是来自深渊的龙，它们那红色的舌头不可思议地伸着，它们的眼睛死死地盯着我那毫无生气的、并没有瞪回去的生活。

盖子，看着上帝的分上，盖子！盖上无意识与生活的盖子吧！幸运的是，还是有一线来自地平线的阴冷苍白的光，透过关着的窗户上开着的挡板，开始驱逐黑暗了。好在破晓在即，早晨即将到来。那种令我感到厌倦的不安，已经差不多安定下来了。一只公鸡在城市中间令人诧异地喔喔叫开了。苍白无力的一天，在我模糊的沉睡中开始了。最终，我还是会睡着的。车轮的嘎吱声传入我耳中，我知道，一辆马车开过了。我的眼皮睡了，可我还没睡。万物最终都是命运。

行动即对抗自己

在生活中积极采取行动就好比用最不舒服的方式自杀，总是会令我吃惊。在我看来，行动如同对遭到不公正判处的梦下达了一个残酷且严厉的判罚。对外部世界施加影响，改变事物、克服障碍、影响他人——所有这些在我看来，都似乎要比我所做的白日梦更加不确定。各种行动到头来都必定是白费功夫，自打我小时候起，这一理论就一直被我奉为圭臬，成为我疏远一切——包括我自己——的理由。

行动就是对抗自己，施加影响力就是离家出走。

我总是在苦苦思索，这种现象有多么荒谬：即便当存在的本质沦为一系列感知时，还是可能会出现一些简单到难懂的事物——商业、工业，以及社会与家庭关系——以灵魂对真理观念所持的内心态度观之，这些事物都是极其难以理解的。

用生命去阅读

要将所有发生在我们身上的事情，统统看成是一部小说中描述的事故或事件——我们不是用自己的双眼，而是用自己的生命去阅读这部小说的。只有抱着这种态度，我们才能从每天受到的伤害中恢复过来，才能不为世事的变化无常所扰。

一篇自传的残篇

起初，我沉浸在玄学思考中；后来，我又沉迷在科学思想中；最终，社会学思想吸引了我。但是，在我索求真理的这几个阶段中，我从未得到过解脱，也未能找到确凿的理论。我没有读过很多这几个领域的书，但是，我读过的已经足够让我厌烦如此多的相互矛盾的理论了。这些理论同样都建立在精心推理的基础上，同样都似是而非，同样都能说明一部分挑选出来的事实——这些事实总是会让人觉得，它们就是全部的事实。如果我从书本上抬起头来，把我那疲倦的双眼转向别处，如果我开个小差，把注意力从我的思想转移到外部世界上来，我就只会看到一件事物——它会把努力用功的花瓣一片片拔掉，从而令我相信，所有的阅读与思考都是无用的。我看到的，便是万物那无限的复杂性；我还看到，形成一门科学所需的那些事实，哪怕寥寥无几，也完全是可以获得的。

我慢慢发现，其实自己什么都没有发现，这可真令人沮丧。我找不到任何事物之所以存在的理由或逻辑，只剩下了一个疑虑。抱着这样一个疑虑，我甚至都没有去找寻背后的逻辑自圆其说。我从未想过要去治愈这样的自己。可说真的，为什么要治愈呢？所谓"健康"又是何意呢？我又如何能确定，抱着这种态度的我就算是病了吗？而倘若我病了，又有谁会说，与健康相比，疾病不合人心意，或是更加合乎逻辑呢？如果健康合人心意，那我之所以会生病，难道不是某种自然原因导致的吗？而如果病因是自然的，那为何出于某种目的——如果这样做有目的的话——与自然作对，就必定会让我得病呢？

关于一切事物，除了惯性，我从未发现其他令人信服的论调。随着时间的流逝，我更加真切且忧郁地意识到，自己身上有着弃权者的惯性。找出各种惯性，并以此为借口放弃一切个人的挣扎，推卸所有的社会责任——这就是我采用的方法，我用它塑造出了想象中我的存在这尊雕像。

我对读书感到厌倦了，便自作主张，停止去追求时而这般、时而那样的美学意义上的生活模式。从我读过的那区区几本书中，我学会了只吸收其中那些对做梦有用的精华部分。在我寥寥无几的见闻中，我力求只带走那些能够在日后很久还能改头换面地对我产生持久影响的观念。我致力于让我所有的思想以及我经历的一切日常片段，都只给我留下感受，而不留下其他内容。我对自己的生活持一种美学意义上的取向，我让这样的美学成了全然私密的、只属于我自己的生活美学。

我内心的享乐主义发展到下一步就是，绝对不对社交属性之物流露出丝毫的情感。我把自己保护得严严实实的，这样就感受不到荒谬了。我学会了对本性的呼唤不理不睬，对……的请求不闻不问。

我最大限度地避免与他人接触。我竭尽所能地与生活脱轨……时候到了，我甚至会放下自己对荣耀的渴求，就像一个昏昏欲睡的人，脱了衣服准备上床睡觉。

学习了玄学与科学之后，我的大脑并没有闲下来，而是继续被对神经均衡威胁更大的事物占据着。我熬过了一些糟糕透顶的夜晚，拜读了神秘主义者和神秘哲学家的巨著，我从未有过细读这些书的耐心，只是偶尔蜻蜓点水般地读一读。炼金术士的各种仪式与神秘做派，神秘哲学家和圣殿骑士的象征主义——所有这一切，都让我压抑了好长时间。我在焦虑不安的日子里，头脑里满是这些有害的揣测，它们都是在玄学——魔幻、炼金术——那恶魔般的逻辑基础上开展的。我痛苦地、几乎是通灵般地感到，自己总是快要发现一个惊天秘密了。这样的感觉给了我错误的重大刺激。我迷失在关于玄学的各种令人神志不清的次级体系中，迷失在充斥着烦人的类比与坑杀清晰思想的陷阱的各种体系中，迷失在巨大的令人困惑的风景中——在这片风景中，超自然发出微弱的光芒，唤醒了边缘区域的神秘。

知觉催我老，思考过多则令我筋疲力尽。我把日子变成了发"玄学"烧，总是在探求事物的玄妙含义，总是在玩神秘的类比之火，总是难以充分地令事物清晰展现出来，总是阻挠事物、思想等正常进行，从而抹黑生活本身。

我陷入了大脑不听使唤、凡事漠不关心的复杂状态。我是在何处避难的？我记得，我没有在什么地方避过难。我沉湎于自己不知道的东西。我收拢了自己的欲求并专注于它们，以便磨炼和打磨它们。为了抵达无限——我相信无限是可以抵达的——我们需要拥有一个靠谱的港口，只要一个，好从此出发，驶向无限。

今天的我，在自己的宗教里是个苦行者。一杯咖啡、一根香烟，还有我做的梦，都完全能够替代宇宙和其中的星辰，都能替代工作、爱情，甚至还有美丽与荣耀。其实我根本不需要刺激物，我的灵魂里就有足够的鸦片。

我做了什么样的梦？我不知道。我强迫自己达到这样的精神状态：此时，我再无法确定自己所思、所梦、所想象的是什么了。我的梦境似乎扩展得更远了，我梦见了那些无法看清的、模糊的、且不确切的事物。

关于生活，我没有形成见解。我不知道，或者说我不去想生活是好还是坏。在我眼里，生活是艰辛且痛苦的，其间散布着令人快乐的梦。我为何要去关心生活对他人的意义呢？

对我而言，他人的生活只有在我的梦里才有用。在梦里，我过着似乎人人适宜的生活。

神圣的本能

不形成观点是神圣的本能……

幻象生活

除了感谢诸神赐予我们生命,还应该感谢他们送给我们"不了解"这件礼物:既不了解我们自己,相互之间也不了解。人的灵魂是一个阴暗而黏糊的深渊,是地面上的一口从未有人用过的井。没有哪个人会在真正认识了自己之后还爱自己,而若是缺少了这种因为无知而产生的、同时也是精神生活之血液的自负,我们的灵魂就会死于贫血。没有人了解其他人,这其实倒也无妨,因为假使有人了解了别人,他就会发现——恰恰在他自己的母亲、妻子或儿子身上——他一直存在着的玄学意义上的敌人。

我们之所以处得来,是因为我们没有交心。出双入对的幸福的人儿那么多,如果他们能够看透对方的内心,如果像浪漫作品中所写的那样,他们能够真正理解对方,而不知道他们正说着的话中有着什么样的危险(尽管最终只是微不足道的危险),他们还会这么幸福吗?所有的婚姻都是有缺陷的。这是因为,婚姻双方都在自己内心中归魔鬼管辖的隐秘角落里，藏着一个自己所期望的对象：妻子心中藏着那个根本不像丈夫的如意郎君的缥缈形象，丈夫心中藏着那个妻子无法做到的完美妇人的模糊形象。最快乐的人不会意识到那些会令他们失望的意愿的存在；其次快乐的人尽管会意识到这些意愿的存在，但会选择忽视它们，他们只会在随意摆出的姿势或说出的话语中，通过一两个粗鲁的动作或无礼的字眼，召唤出那躲藏起来的魔鬼、古代的夏娃、赳赳骑士与窈窕淑女。

我们的生活就是一种灵活多变的误解，就是一个快乐的中间点，它介于并不存在的伟大与无法存在的快乐之间。我们之所以能够心满意足，那得多亏了我们能够不相信灵魂的存在，即便在思考和感受时，我们也不相信灵魂是存在的。在我们的生活这场假面舞会中，大家所穿的服装赏心悦目，这令我们心满意足，服装就是舞会上唯一真正有价值的东西。我们沦为了灯光与色彩的仆人，我们在舞池中穿梭，犹如在真相中游走，我们甚至都没有意识到——除非我们没有在跳舞，一直独处时才会意识到——屋外那无比寒冷与高远的夜；我们没有意识到这身破烂衣服下那终将死去的肉体——肉体死去后，这身衣服还在；我们没有意识到所有那些在我们独自想象时基本等同于我们的事物，其实只是内心对那个据说是真正的自我的诙谐模仿。

我们所做、所说、所想或所感受到的一切，都戴着相同的面具，都穿着一样的服装。无论我们脱下多少层衣服，永远都无法把自己脱光，这一现象是灵魂层面的，与脱衣服无关。于是，我们就这样穿着一具肉体加灵魂，再像鸟儿披着羽毛那样裹着无数层衣服，快乐或不快乐地生活着——或是不知道自己过得怎么样——度过诸神赐给我们的这段短暂的时光；在这段时间里，我们可能会取悦它们，就像那些玩着自己喜欢玩的游戏的孩子们一样。有那么一个获得了解放或被诅咒的人，突然看到——但是，即便是这样一个人也很少会看到——我们当下展现出来的模样，其实都不是我们本来的面目。我们在看到真相时却愚弄欺骗自己，我们在得到正确的结论时却颠倒黑白。这个人猛然间看到了那个赤裸裸的宇宙，于是便创造出了一门哲学或凭空构想出了一种宗教；这门哲学传播了开来，这种宗教散布了出去。那些信奉了这门哲学的人开始把它当成一件看不见的衣服，穿在了自己身上；那些信仰了这种宗教的人则把它当成自己很快便会遗忘的面具，戴在了自己脸上。

由于我们既不了解自己，相互之间也不了解，因而才能其乐融融地生活在一起。我们不停地在舞池中转来转去，利用舞曲的间歇聊天——人与人之间徒劳无益且热情洋溢地跳着舞、聊着天——和着星星组成的庞大乐队的奏乐声，在这场舞会的组织者那冷淡而不屑的注视下，跳着舞、聊着天。

只有这些组织者才知道，我们是他们创造出来的这幅幻象的欺骗对象。但是，这幅幻象为何会存在？为何会有这幅或其他什么幻象？为何同样也被蒙在鼓里的这些组织者，却能令我们看到他们为我们打造的幻象？毫无疑问的是，这些问题的答案，甚至连他们也不知道。

思　想

谈不上优雅高妙的思想也可以是崇高的，但是，它越是不够高妙，就越不能影响他人。没有技巧的力量只会沦为散沙。

抚摩过基督的脚

抚摩过基督的脚，并不能成为加错标点符号的理由。

如果一个人只有在喝醉时才能下笔如有神，那我就会跟他说：去弄点儿酒喝吧。而如果他说喝酒伤肝，那我就会回答：你的肝算得了什么呢？那只是死物，只会在你活着时才活着；你写的诗就不一样了，无论何时，它们都会一直活着。

假装去爱

在我身上，所有的情感都流露在表面，但都是真情流露。一直以来，我都是一个演员，一个认真的演员。曾几何时，我爱过别人，我都是假装去爱的，甚至面对自己时都是假装去爱的。

我谁都不是

今天，我被一种荒诞但真实的感觉吓到了。我突然灵光一闪，认识到自己其实谁也算不上，确实是谁也算不上。在这一念之间，之前我以为是城市的地方突然变成了一片荒原。我发现，那束让我看到自己的不祥之光并没有照出上方的天空。在已然存在过的世界面前，我被剥夺了存在下去的能力。如果我转世再生，出生的将不是我自己，不是我的那个我。

我是一座并不存在的城市的郊区，是一本未写之书的长篇书评。我谁都不是，根本谈不上是谁。我不知道如何去感受、如何去思考、如何去索要。我是一部未写完的小说中的人物，飘荡在空中，尚未成形就消散了，我活在那些不知道如何把我塑造完整的人的梦里。

我一直在思考，我总是在感受，但是，我的思考毫无逻辑，我的情感不带感情。我正从高处的活动门上往下掉，穿过那无尽的空间，置身于一次没有目标、遥遥无底的、空空荡荡的下坠中。我的灵魂是一圈黑色的旋涡，是一场巨大的、绕着虚空转圈的眩晕，是一片无边无际、绕着一个空穴不停奔涌的汪洋。在这些与其说是自然流淌的水体还不如说是被搅动起来的水体中，漂浮着我在这世上所有的见闻——房屋、脸庞、书本、箱子，还有音乐的片段和人声的音节，它们全都在一个不祥的无底涡流中漂着。

而身处这一困惑之中的那个我，那个真正的我，则是那个只存在于这个深渊之几何结构里的那个中心。

我就是那个万物都绕着转的虚无。我之所以存在，只是为了能让这个深渊转起来，我之所以是中心，只是因为每一个旋转的圈子都有一个中心。我，那个真正的我，是无井壁之实却有井壁之坚的一口井，是周围空无一物的万物的中心。

在我心中放声大笑的似乎不是魔鬼（它们至少还长着人脸），而是地狱本身。发出这笑声的是死去的宇宙断气时的疯狂，是物质空间那不停旋转着的死尸，是在风中呼呼刮个不停的所有世界的终结。这笑声的主人既无形态，也不受时间的控制，它不是被造物，没有上帝，甚至没有属于自己的本身，它作为那个唯一的现实、作为万物，以不可能的方式在绝对的黑暗中旋转。

要是我知道如何去思考就好了！要是我知道如何去感受就好了！

我的母亲死得太早，我甚至来不及认识她……

打盹的乞丐

我明白,在类比的语境中,吃得过多是何意。我是通过我的感觉而非我的胃明白这一点的。有时候,它们吃得太多了,我的身体变得沉重不堪,我的姿势变得笨拙无比,全身上下都不想动。

每当此时,就像是肉中刺一样,我那尚存一息的、消失了的想象力,几乎总会从我那一成不变的懒散中冒出来。于是,我就在一无所知的基础上做计划,我就凭着主观臆断去构建大厦,我被注定不会发生的事情弄花了眼。

每逢这些奇怪的时刻,我的道德还有物质生活,统统会沦为当下的我的附属品。我不仅会忘记责任的含义,还会忘了存在的理念,我的身体对整个宇宙感到厌倦了。无论是我知道的,还是我所梦到的,我都同样尽力让它们睡去。这让我的眼睛酸痛了起来。是的,每每到了此时,我都比从前更加了解自己,我成了躺在无主之地上的树下打盹的乞丐。

记忆中的钢琴声

我初来里斯本时常常会听到,从我们楼上的那间公寓里传来钢琴弹出的音阶声，这是一个我从没有真正见过的女孩重复单调地练习弹钢琴的声音。今天我才意识到，那些音阶在神不知鬼不觉地潜入了我灵魂的地下室里后，便一直藏在那里。只要地下室的门一打开，我就能听到它们，听到那个如今已经长大了、成了一个女人的女孩一遍又一遍地弹出这些音阶。抑或，那些音阶已经听不见了，被封在了一个白色的地方，翠柏在那里阴郁地摇晃着。

我已经不再是当年的那个孩子了，但在我的记忆中，那弹奏钢琴的声音仍然和当年实际听到的一样。因此，无论何时，只要这声音在我脑海中响起，我便从床上爬起来不再装睡了。它听上去和当年听到的一样，仍然是用手指慢慢弹出来的，仍然是富有节奏的单调重复。当我感受到或想到这声音时，就会被自己身上散发出来的一种模糊而焦虑的悲伤感吞没。

我不是为自己失去了童年而哀痛；我之所以哀痛，是因为每一件事物——包括我的童年——都失去了。折磨我的，并不是具体意义上自己度过的那一天天的时光，而是抽象意义上时间的流逝。在这样的流逝中，从楼上传来的那永无休止、重复弹奏的钢琴音阶声折磨着我肉体层面上的大脑，这声音听上去极度缺乏个性且遥不可及。折磨我的，是那个巨大的、什么都算不上的谜团——它不停地锤击着那些算不上是真正的音乐，只能算是坏旧的事物——它停留在我记忆中那荒谬的深处，久久地停留在那里。

我下意识地想象起了那间我从未见过的起居室里的场景。我素未谋面的那个学生今天仍然在弹钢琴，一指又一指细心地弹着，弹的永远都是那些已经悄无声息的音阶。我看到了，我看到了越来越多的场景。楼上那间公寓的全家人——今天我很想他们，昨天我还没有这么念旧——在我并不确定的沉思中，通过虚构的方法被塑造出来了。

不过，我怀疑，所有这一切都是间接感受到的，我所体验到的这种怀旧感，并不真正属于我，也不真正是抽象意义上的，而是从一个不确定的第三者那里截取而来的。对这个第三者来说，这些在我看来带有文学色彩的情感——用维埃拉的话来说就是——显露出的是其本色。令我悲伤、折磨我的是那些猜测出来的感觉，而那令我的眼中溢满了泪水的怀旧之情，则是通过想象和投射才得到理解并被感受到的。

带着一种来自这世界深处的坚定不移，带着一种以玄学方式敲击琴键的坚持不懈，一个弹钢琴的学生在不停地弹奏着，一遍又一遍地弹着那些音阶，在我记忆中肉体层面上的脊梁上来回弹着。所弹奏的，是其他人走过的、今天已经变了样的那些老街；是已经死去、在他们离去后形成的一目了然的局面中和我说话的那些人；是我做过什么或没做过什么而生出的悔恨；是溪流在夜里荡起的涟漪；是下面那个安静的建筑物中传出来的声音。

我感觉我的头脑中有声音在尖叫。我想要暂停、关掉、捣毁这个在我体内不停播放着音乐的不可能存在的唱机。这唱机是个无形的折磨人的物件，不属于我的身体。

我希望我的灵魂这辆已经被别人接管了的车，能让我下车，卸下我之后继续往前开。我已经因为不得不支起耳朵去听而快要变疯了。到头来还是我自己——在我那没有主见得招人恨的大脑中，在我那薄薄的皮肤中，在我那高度紧张的神经中——成了按照音阶依次弹出的那些琴键。哦,存在于我们记忆中的这架骇人的、每个人都有的钢琴啊。

一直以来、一直以来——就好比在我脑中一个已经独立自主、不受大脑支配的部位中——这些音阶都在弹着、弹着、弹着,在我楼下弹着,在我楼上弹着,在我来里斯本后栖身的第一座楼房里弹着。

味　道

嗅觉是一种奇怪的视觉。嗅觉会激发出情感方面的场景,它们是潜意识在突然之间被草草涂画出来的。我已经体会到这种感觉很多次了。

我正沿着一条街前行。我什么都没有看到,或者恰恰相反,我往四下里看过去,看到了每个人看东西的方式。

我知道我正沿着一条街前行,但我不知道的是,这条街与其两侧是共存着的,它的两侧是人类用双手构筑的形态各异的建筑。我正沿着一条街前行。从一家面包房里飘来了面包的香味,这香甜的味道令我恶心;远处的一个街区唤醒了我的童年,那片仙境中出现了另一家面包房,这是一片已经幻灭了的仙境,其中有我曾经拥有过的一切。

我正沿着一条街前行。突然,我闻到了那家小杂货店里歪斜的货架上摆着的各种水果的味道,而我在这个国家里的这段短暂的生活中——我说不准这段生活始于何时何地——既有树木也有宁静，其背景中种着树，至于宁静，则只可能存在于我童年时期的心中。

我正沿着一条街前行，不料突然之间竟不知所措，因为我闻到了制箱人身上传来的箱子的味道：我亲爱的塞萨里奥①！你出现在我面前了，说到底我还是高兴的，因为我已经通过回忆的方式回到了唯一的真相那里，这个真相就是文学。

共　存

基督是一种情感。

万神庙中，所有相互排斥的神祇都有一席之地；每位神都有自己的宝座、自己的权柄。每位神都可以是万物，因为这里没有限制，甚至都没有逻辑上的限制；各种不朽的神灵杂处一庙。这让我们能充分领略到各式无限性与多种永恒性的和谐共存。

---

① 塞萨里奥·维尔德（Cesário Verde，1855—1886年），可被视为葡萄牙现代诗之父。其诗句塑造出的形象鲜明，字里行间充满活力，人们经常能在里斯本闹市区的街道上看到塞萨里奥的诗句。佩索阿的分身阿尔瓦罗·德·坎博斯（Álvaro de Campos）的诗就是效仿了塞萨里奥的诗。

不存在自由的思想

形成看法其实就是庸俗之举,哪怕形成的不是真诚的看法。

思想的每一次真诚流露都让人不堪忍受。不存在真正的自由思想。因此,以此观之,也就不存在自由的思想。

有的人

那里的每一件事物都是虚弱无力、没有特色、不合时宜的。我在那里看到了令人同情的、各种了不起的表现,它们似乎披露了伤心欲绝的灵魂深处的景象。可我却发现,这些表现人们顶多也就是口头上讲讲,不会落实为行动;而且,引发出这些表现的原因——我频频在觉察到沉默时注意到了这一点——也与生出怜悯的缘由有些类似,勾起同情的念头要么会像刚刚注意到它们时产生的新奇感那样转瞬即逝,要么会消失在同情者用来下饭的酒中。在表达出来的带有人道主义色彩的情感与喝掉的白兰地的量之间,总存在着一种直接的关系。无数姿态都因为一杯太过溢满的酒或过多的渴求而未能落实为行动。

所有这些人都将自己的灵魂出卖给了一个魔鬼,这个魔鬼是来自地狱的下等货色,是一个渴求弄虚作假与无所事事的魔鬼。他们过着沉醉在虚荣与懒惰中的生活，在由话语构成的软垫中无力地死去，他们陷在爬满了蝎子的泥沼中，这些蝎子的毒液其实只是口水。

这些人身上最为突出的一个特点即是，无论从哪方面来看，他们都完全缺乏重要性。其中有些人为大报写稿，继而成功地失去了存在感；还有人声望卓著，是各行各业有头有脸的人物，于是便成功地实现了白白度日的愿望；还有人甚至是声名远扬的诗人，但他们那冒着傻气的脸，仍然因为蒙上了同样的苍白灰尘而显得惨白没有血色；他们合在一起便成了一处墓地，里面埋葬着经过了防腐处理的死尸，他们全都摆成手放在大腿上的姿势，宛如活着时候的样子。

在这一段短暂的时间里，我的精神很是活跃，开始了它的流亡，而我则在这流亡过程中停滞不前。在此期间，我留下了一些记忆：对为数不多的美好且真正开心的时刻的记忆，对很多沉闷且不快乐的时刻的记忆，对几段从虚无中脱颖而出的剪影的记忆，对某些冲着正好在当班的随便哪个女招待所做的手势的记忆——简而言之，我留下了一种生理上令人觉得恶心的枯燥乏味感，还留下了对一两个有趣笑话的记忆。

还有一些更老的人如空白之处一样分散在这些人当中，这些上了年纪的人会讲一些过时的俏皮话，他们也会像这些人当中的其他人一样，背后中伤同一群人。

当我看到那些在公众中享有美名的小人物，遭到那些因为怨恨他们小有名气的小人的诽谤时，我便会前所未有地对他们产生出莫大的同情心来。彼时我才明白，为何那些伟大的贱民会胜出了：他们战胜的是这些小人，而非人性。

那些胃口太大、欲壑难填的魔鬼是可怜的——无论他们是渴望吃饭、渴望出名，还是渴望生活中的甜点。任何一个头一回听说了这些事物的人都会产生幻想，认为自己正在听拿破仑的导师和莎士比亚的老师说话。

有人情场得意，有人政坛得意，还有人在艺术圈中独占鳌头。第一类人非常擅于讲故事，因为在一场大家都不知道发生了什么的爱情中，一个人成功追到爱人的概率会非常高。当然，在听这样一个猎艳高手讲述他追逐异性的马拉松式的过程时，我们在听到大概第七个征战情场的故事后，就会开始对他起疑心了。

那些贵妇或著名女性的情人们（似乎几乎所有的此类情人莫不如此）俘获了无数女伯爵的芳心，如果把他们征服异性的故事一一道来，恐怕连那些有身份、有地位的年轻女人的曾祖母们，都会把持不住，乱了分寸。

有人专好与别人发生肢体冲突，他们在奇亚多①街角的夜间狂欢中，把欧洲拳击冠军给打死了。还有人在各个部门的部长那里都有些影响力，这些人就是那些所说的话至少还有些道理的人。

有些人是可怕的施虐狂，还有些人是积习难改的恋童癖者，还有些人用响亮而悲伤的声音承认，他们粗暴地对待女人，他们让她们一辈子都生活在鞭子之下。他们总是让别人为自己点的咖啡付账。

有的人是诗人，有的人……

---

① 里斯本中部的一个时尚街区，在佩索阿生活的时代，作家与知识分子经常光顾这里。

在我的认知当中，最能有效遏制住由各种阴影形成的狂潮的手段，莫过于直接去了解普通人的生活了——比如，像在杜拉多尔街上表现出的那样，在真实的商业环境中去了解普通人的生活。我时常如释重负地从那间满是傀儡的疯人院中出来，回到活生生的莫雷拉面前。我的这位上司是一个名副其实、称职能干的记账员，尽管他很不会穿衣打扮，身体也不太好，但他至少还是个男人——上面提到的那些人里，没有谁能算得上是真正的男人。

今天的我少了一块

今天，他动身前往他的家乡，显然是冲着好事去的。我指的是那个所谓的办公室伙计，我也会把他视为这个人群中的一分子，因而也就是我以及我的世界的一个组成部分。他今天走了，在走廊上，当我们不期而遇、互道有点儿惊奇但在意料当中的告别时，他腼腆地回了我一个拥抱。我恰到好处地控制住了自己，没有哭出来，尽管在我心中——我奈何不了的地方——我热切的"心目"想哭。

我们曾经拥有过的一切——不管是什么，因为它们曾经属于我们——哪怕只是偶然出现在我们日常事务或视野中的事物，都会成为我们的一部分。今天那个离开我、前往我从未听说过的位于加利西亚①的一座城市的男人,对我而言并不是那个办公室伙计,他是构成我生活实质的一个关键部分。因为他能被看得见摸得着,因为他是人。今天的我少了一块,和之前的我不太一样了。那个办公室伙计今天走了。

我们生活在哪里,那里所发生的一切就都是发生在我们身上的。消失在我们视野中的一切,也都会从我们身上消失。曾经存在过的一切——如果我们在它存在时看到它的话——一旦离开,也就等于离开了我们。那个办公室伙计今天走了。

我变得越发厌倦、越发显老、更加心灰意冷了。我坐在宽敞的办公桌旁,接着昨天没有做完的地方继续工作。但是今天,我不得不强力克制那种模糊的悲剧感,强行理顺那些被搅乱了的思绪,它们都会时不时地蹦出来,打断我已经习惯成自然的流畅的记账流程。我别无选择,只能作为自己的奴隶,在一种自发惯性的驱使下工作。那个办公室伙计今天走了。

是的,明天或是未来的某一天,或是丧钟无声地宣告了我的死亡或离开的那一天,我便也会成为那个再也不会出现在这里的人,成为存放在楼梯下柜子里无人问津的一台老式复印机。是的,明天或是命运裁定的时日,我体内那个假装是我的人将会走上末路。我也会前往我的家乡吗?我不知道我会去哪里。今天这出悲剧之所以能被看到,是因为它并不存在,之所以能被揣摩是因为它不值得揣摩。我的神啊,我的神,办公室那个伙计今天走了。

---

① 今天西班牙的一个自治区,其南边与葡萄牙接壤。——译者注

夜

哦，夜啊，这星辰佯装发光的夜；哦，夜啊，这自身就堪比整个宇宙的夜。你让我从身体到灵魂，都变成了你身体的一部分，于是——作为不值一提的黑暗——我将迷失自我，也成为夜。这样的暗夜中，没有如星的梦，也没有令人憧憬的、会带来未来的阳光普照。

死亡的自由

自由意味着可能会与世隔绝。如果你能摆脱别人，可以不必因为钱财、陪伴、爱情、名声或好奇（一个人在沉默和独处的情况下，是不可能想起这些事物的）等而不得不有求于人时，那你就自由了。如果你不能独自生活，那你生来就是个奴隶。你可能会应有尽有地具备深刻的思想与美丽的灵魂，那样的话，你就是个地位较高的奴隶，或是一个才智过人的仆人，但你仍然是不自由的。你不能把这一现象看成是你自己的悲剧，因为你的出生只是命运自身的一出悲剧。不过，如果生活本身就是这样压迫着你，导致你被迫沦为奴隶的话，你便是不幸的。如果你生来自由，有能力与世隔绝并自给自足，却因为贫困而被迫与他人共同度日的话，你便也是不幸的。没错，这出悲剧才是你自身的悲剧，你摆脱不了它。

能够生来自由，是人之所以为人的最难能可贵之处。这令谦卑的隐士的地位变得比诸王甚至诸神的还要高，后者通过行使其权力而非蔑视它才实现了自给自足。

死亡就是解放，因为人死了就不需要任何人的陪伴了。通过死亡，人这个可怜的奴隶便被强迫释放了，他不用再去理会快乐了，也不用再去理会痛苦了，也不用再去理会他那有所觊觎、不断前行的生活了。死去的国王自由了，不用再去理会那些他不想拱手让给他人的地盘了；散播爱情的女人死去后自由了，不用再去理会她们珍视的那些胜利果实了；南征北战的男人死去后自由了，不用再去理会那些早已注定了他们生死的仗了。

死亡会令我们的身体变得高贵，它会给身体穿上它们从不知道的华美服饰。人死后就自由了，即便他不想得到自由。

人死后就不再是奴隶，即便他因为放弃了自己的奴隶身份而痛哭不已。一个国王最引以为荣的就是国王这个头衔，他作为人可能是荒唐可笑的，可作为国王却是高人一等的；同理，一个死人可能已经严重变形，让人害怕，但他仍然是高人一等的，因为死亡令这个人获得了自由。

我累了，于是拉下百叶窗，我把这个世界隔绝在外，拥有了片刻的自由时光。明天我会回去再做奴隶的，可现在——一个人，不需要任何人的陪伴，唯一担心的就是，周围的某些声响或事物可能会打扰到我——我正享受着我这少得可怜的自由，我这灵魂出窍的时刻。

我往后靠去，靠在椅背上，忘记了这压迫着我的生活。除了感受到痛苦,没有什么会令我痛苦。

不要去碰生活

让我们连指尖都不要去触碰生活。

让我们连爱的念头都不要产生。

愿我们永远都不明白女人的亲吻会带来什么样的感受,甚至在梦中也不明白。病态的工匠们啊,让我们精于教会别人如何抛弃幻想吧。

生活的旁观者啊,让我们在因为事先知道不会看到新颖或好看之物而感到厌烦的情况下,隔着所有的墙壁仔细查看吧。

绝望的织工们啊,让我们只编织裹尸布吧——为我们从未做过的梦编织白色的裹尸布,为我们死去的日子编织黑色的裹尸布,为我们只是梦见的那些姿势编织灰色的裹尸布,为我们无用的感知编织皇室专用的紫色裹尸布。

在山上、在山谷中、在散布着沼泽的岸边,猎人们猎捕着狼、鹿和野鸭。让我们憎恨这些猎人吧,不是因为他们行杀戮之事,而是因为他们自得其乐(我们则不然)。愿我们的脸上勉强挤出一丝微笑,就像一个快要哭的人那样;愿我们用涣散的眼神注视着,就像不想看见东西的人那样;愿我们的表情中处处都透露着不屑,就像蔑视生活、活着只是为了蔑视生活的人那样。

愿我们替那些劳作与抗争的人去鄙视，替那些希望与信任的人去憎恶。

梦中的天才

在我往后仰去（靠在椅背上），只是若即若离地属于生活时，我会无比流利地用我从未写过的那些话来叙述自己的惰性。我又会在沉思中清晰地形容我一直描述不了的风景！我会造出完整的句子，没有一个词使用不当；我会构想出脑海中展开的一幕幕场景的细节；我会捕捉到每一个词语中能成就不朽诗篇的语音与格律上的抑扬顿挫。同时，一股巨大的热情，也宛如暗处看不见的奴隶，与我如影随形。可是，如果我从椅子上站起来——以上这些几乎可以乱真的感觉，就是在我懒洋洋地靠在椅背上时产生的——走到桌子跟前想要写下这些感觉，我就会发现，那些从未想到的词语溜走了，那一幕幕场景消失了，那富有节奏的念叨声背后的关键连结点也不见了。剩下的只有一丝遥不可及的念想，些许残留的照在远山上的阳光，一阵在荒野边缘刮起树叶的风，一份从未表露的亲切感，那种他人享有的放纵，那个我们期盼能转过身去看上一眼、却从未真实存在过的女人。

我开启了每一个能想到的写作计划。我创作的《伊利亚特》各篇之间衔接有序，其中所体现出的那种结构上的逻辑性，是荷马都无法企及的。我尚未写完的诗句中流露出谨慎的完美，这让维吉尔的精准沦为了马虎，让弥尔顿①的有力变得不堪一击。我叙述的那些讽刺性寓言故事，相互之间联系密切的那些细节有着极为精准的象征意义，超过了斯威夫特②笔下的所有讽刺作品。我曾化身为多少位贺拉斯③啊！

每当这些事物其实还没有完全出现在我的梦境中，我就从椅子上站起来时，我都会体验到那出双重的悲剧：我会意识到，它们一文不值，它们不是纯粹完整的梦，它们当中的某些内容，还停留在我的思考中、还在形成中、还没有跨过那个抽象的门槛。

我在梦中为天才所不及，在现实生活中却不及天才。这就是我的悲剧。我是那个在赛跑中一直领先的人，可偏偏摔倒在了终点线前。

---

① 约翰·弥尔顿（1608—1674年），英国著名诗人与政治家，代表作品有《失乐园》《复乐园》《力士参孙》等。——译者注
② 乔纳森·斯威夫特（1667—1945年），英国著名讽刺作家，大名鼎鼎的《格列佛游记》就是他的代表作。——译者注
③ 另有版本作魏尔伦"（Verlaine）"（英译本注释）。另：贺拉斯（公元前65—前8年）是古罗马著名诗人、批评家与翻译家，代表作有《讽刺诗集》《长短句集》《诗艺》等。保罗·魏尔伦（1844—1896年）是法国象征主义诗人，代表作有《农神体诗》《美好之歌》等。——译者注

不要去原创

假如艺术中设有改善者这一职位的话,那我在人生中——至少在我作为艺术家的人生中——就会扮演一个角色了。

以别人开创出的局面为开端,只是为了改善这一局面而工作下去……也许,《伊利亚特》就是这样写成的吧。

做什么都可以,就是不要被迫与原创作斗争!

我太羡慕那些写小说的了,他们亲自开篇、亲自写情节发展、亲自结尾!我可以一章接着一章地构想小说,有时还会加入几句真实的对话,并在对话之间插入叙述性评论。可是,我却无法把这些写小说的梦落实到纸上……

独立存在

有人在长时间盯着书看后再抬起眼睛时,一接触到自然明亮的阳光就会觉得刺眼;同理,我在盯着自己看后再抬起眼睛时,也会感到一阵刺痛。因为我清楚明白地看到了外部世界,看到了其他人的存在,看到了空间中各种运动的所处阶段与相互之间的联系——所有这些都是清楚明白的,都是独立于我而存在着的。我偶然发现了其他人的真正感受。他们的心灵对我的心灵生出了敌意，这股敌意猛推了我一把，打乱了我的步伐。他们那奇怪的话语传入我耳中后发出了声音，他们的脚重重且稳稳地落在了真实的地上，他们拿出了真格的行动，他们有着各不相同且都很复杂的做人方式，他们都不仅仅是我自己的各个变身——我就是滑倒、跌落在所有这些现象之上和之间的。

一旦我把自己装入这些人的躯壳中，我就会突然感到无助与空虚，就好比我是一片虽已死去但还活着的痛苦且暗淡的树荫。只要一吹风，我就会被刮到地上，只要一落到地上，我就会融入尘土里。

之后我便在想：为了把我自己隔绝起来并起死回生，是否值得付出这么多努力？看着我那已被钉上十字架的荣耀的份上，是否值得把我的生活变成一场旷日持久的磨难？即便我知道这样做是值得的，在这样的时刻，我也被这样的感觉完全吞没了：这样做是不值得的，而且永远不值得。

财富即自由

金钱、孩童、疯子……
永远都不应该嫉妒财富，除非是柏拉图式的爱慕。财富即自由。

轻蔑一切

不管是什么样的行动——从打仗战争到逻辑推理——都是装装样子的；每一次撒手不管，也同样都是虚情假意的。要是我能够不采取行动，同时也可以不去放弃行动，那该有多好啊！倘若我果真能够如此，我的荣耀就会戴上梦做的皇冠，我的不凡就会握着沉默的权杖。

我甚至都不会感受到苦难。我对万物的厌恶是全面而彻底的，甚至都厌恶我自己。我在看到别人遭受苦难时会心生蔑意，我在自己遭受苦难时也同样如此。因此，我所遭受的一切苦难，便都被我的厌恶踩碎了。

啊，可是如此一来，我遭受的苦难就更大了……因为珍视一个人自己的苦难，无异于把这苦难染上自豪的阳光。沉重的苦难会让受苦受难者产生幻觉，以为自己就是那位被拣选的受苦者。于是……

矛盾之爱

荒诞之爱与矛盾之爱，都是动物会从悲伤中体验到的快乐。正如普通人出于兴奋和精力旺盛，会谈论些无意义的话题，会拍打别人的后背一样，那些无法体验到欢乐与激情的人，也会在他们的心里翻筋斗，也会以他们自己那种冷淡的方式，摆出温暖的生活姿态。

舞　台

　　每次我前往某地，都会成为一次漫漫旅途。乘火车去卡斯凯什①，都会把我累坏，就好像在这趟短短的行程中，我穿越了四五个国家，领略了它们的城乡风光。

　　我想象自己住在我所经过的每一座房子里、每一间小屋里、每一间用石灰粉刷过的沐浴在寂静中的独栋农舍里——起初我是快乐的，后来感觉无聊，再后来便烦透了。这种想象只是一念之间的感觉，一旦我离开其中的一间屋子，一股对我曾住在其中那段时光的怀旧感便会袭来。因此，我经历过的每一趟旅程都是一段既痛苦又快乐的经历，我在其中收获了巨大的快乐、极度的无聊，还有数不清的虚假的怀旧感。当我经过这些房子、别墅和小屋时，我也过着其居住者们日常所过的各种日子，我同时过着这些人过的所有日子。我是父亲、母亲、儿子、亲戚家的兄弟姐妹，也是女佣以及女佣亲戚家的兄弟姐妹，我是这些角色的总和，并且同时扮演着这些角色。多亏具备了一种特别的才能，我才能够如此：我可以同时感受到五花八门的体验，

---

① 里斯本西南方向30多公里处的一座海滨城市。

能够同时过着各种人的生活——既能从外面观察它们，也能从里面感受它们。

我在心里打造出了好几种人格。我在不停地打造各种人格。我的每一场梦——一旦我开始做梦了——都会立刻在另一个人身上成真，这个人才是那个做梦的人，而不是我。

为了创造，我已经毁掉了自己。在内心层面，我基本上已经把自己置于身外了，我的内心已经没有自己的位置了，除了身外意义上的自己。我成了那个空荡荡的舞台，各路演员在上面上演着各种剧目。

那个王子，他没有死

我在船上做了个梦，梦中的我战栗着：一股刺骨的寒意贯穿了我那远去的王子的灵魂。

一股喧嚣的、有威胁之意的沉寂，如狂风一般侵入了船舱里的空气中。

一切都幻化在了月光中，月光洒在海面上，散发出一片令人不安的、刺眼的光辉。此时的海面已不再汹涌，但仍有波涛。尽管我还是听不到风吹过树枝发出的声音，但王子的宫殿旁无疑是有柏树的。

第一支闪电之剑似乎在远处搅动着海面。远处海面上的月光披上了闪电的颜色。这只能意味着，我从未去过的那座王子的宫殿，如今已在遥远的过去成了一片废墟。

船闷闷不乐地哼哼着前行，逐渐接近了宫殿的废墟。船舱暗了下来，呈现出一片黑紫色。那个王子，他没有死，也没有被抓住，但我不知道他情况如何。他的命运，也就是那个冰冷而未知的事物，现在会是什么样的呢？

打造新的灵魂

你能获得新感知的唯一方式就是，打造一副新的灵魂。不用新的方式去感受就试图去体验新事物，这是无用的，而倘若你不改变自己的灵魂，就无法以新的方式去感受。因为我们的是感受什么样的，事物就是什么样的——在你还没有认识到这一点之前，你已经明白这个道理有多久了？——而要想出现新事物，要想让我们去感受新事物，唯一的方式就是，要让我们感受事物的方式中出现一些新的元素。

改变你的灵魂吧。怎么改变呢？那要看你自己是怎么想的了。

从出生直到死去，我们的灵魂都在慢慢改变，就像身体一样。要找到一个方法，让灵魂变化得更快一些，甚至能像我们的身体那样——在得病或康复时，变得更快。

我们从来都不应该俯下身来讲课，免得有人以为我们要发表意见，或是以为我们愿意屈尊与公众说话。要让公众来解读我们，如果他们愿意的话。

此外，授课者也像是演员——一个被艺术使唤的伙计，一个任何一位优秀艺术家都瞧不上的小角色。

行动家

这个世界属于那些不去感受的人。从本质上来看，做一个注重实际的人，便意味着放弃感受。切合实际地表达生活的首要前提便是要有意志，因为意志会引发行动。有两件事物会阻挠行动——感受与分析性思考，其中后者便是带着感受去思考。所有的行动从性质上来讲，都是把我们的性格投射到外部世界中去。由于外部世界大部分是由人组成的，因而顺理成章的便是，这种投射性格的行为基本上等同于横穿别人的道路，等同于妨碍、伤害或打败别人——具体要看我们采取的是什么样的行动。

由此看来，行动便要求一个人某种程度上不能去想象别人的性格，不能去想象他们的快乐与痛苦。同情别人会导致自己无法动弹。外部世界在行动之人眼中，完全是由无活动能力的物体组成的——要么是天生就无法活动的物体，比如行动之人走路时踏过或踢开的石块；要么是无法抵挡住行动之人，从而像块石头一样无法动弹的人——因为此人如同石块，便被行动之人踏过或踢开了。

最注重实际的人莫过于那些军事战略家了,他们之所以高度密集地展开行动,是因为这些行动是极其重要的。所有的人生皆是战役,而战役便是生活的合成。战略家是摆弄生命的人,正如棋手是摆弄棋子的人。

如果一位战略家想到,他的一举一动会如何令一千个家庭陷入黑夜、令三千颗人心蒙上哀痛,那他会有什么样的感想呢?如果我们过分讲究仁义的话,那这个世界会变成什么样呢?如果人真的会感受,那文明就不会存在了。艺术为行动必要要忘记的感受提供了避难所。艺术是灰姑娘,她之所以闭门不出,是因为故事情节需要。

每一个行动之人基本上都是欢快而乐观的,因为那些不去感受的人是快乐的。行动之人从不会不开心,你可以据此认出他来。一个不顾心情不畅照样工作的人,可谓是行动的附庸。在庞大的生活总体规划中,这种人可能会成为记账员——就像我这样,但他不会成为管理事情或使唤人的驾驭者。驾驭之术需要感觉的缺失,驾驭之人是快乐的,因为一个人要是想悲伤,就得去感受。

今天,我的老板森霍尔·瓦斯克斯了结了一笔生意,这笔生意毁掉了一个病人及其家庭。瓦斯克斯在谈这笔生意时,完全忘记了这个人的存在,只是把他看成是生意场上的竞争对手。在这笔生意了结后,瓦斯克斯才被感受触动。当然,只能在生意了结后才会有所感受,否则就永远谈不成生意了。"我替那个人感到难过,"瓦斯克斯对我说,"他将落到一贫如洗的境地。"然后,他点燃了一根雪茄,继续说道:"不过,如果他需要从我这里得到什么的话,"——意思是需要他发发善心——"我将不会忘记,我得感谢他为我带来了一笔好生意，让我挣到了几千埃斯库多①。"

森霍尔·瓦斯克斯不是个虚伪之徒，他是个行动之人。这次博弈的输家确实能够指望我的老板将来会发善心，因为他是个慷慨的人。

森霍尔·瓦斯克斯与所有行动之人类似，不管他们是商界领袖、实业家、政治家、军事指挥官、社会与宗教方面的理想主义者、伟大的诗人、伟大的艺术家、漂亮女人，还是干着自己爱干之事的孩童。发号施令之人就是不去感受之人。成功者就是只想着成功所需因素的那些人。其余的大多数人——他们没有定力、敏感、喜欢想象而脆弱——充其量只是舞台的背景幕布，那些充当成功者的演员们利用这块布来表演，直到木偶戏结束；他们充其量只是平坦且毫无生气的棋盘，棋子们在上面走来走去，直到被棋术高超的棋手收起来——棋手以双重人格愚弄自己，与他自己的另一个人格对弈②，总是能从中收获快乐。

信　仰

信仰是行动的本能。

---

① 葡萄牙原来的货币单位，现已被欧元取代。——译者注
② "棋手以……人格对弈"：另有版本作"棋手以双重人格瞒天过海，骗取得分，其实是在和自己对弈"。

挫败之美

由于我们无法从生活中提取美，因此，就让我们至少尝试一下，是否可以从不能在生活中提取美这一现象中提取美。让我们化败为胜，把失败变成某种积极、高尚，既可树碑立传，又不失雄伟庄严，还能令我们心满意足的事物。

如果生活只给了我们一间囚室，那就让我们至少尽己所能地去把它装饰一番吧——用我们梦境的影子去装饰它，这些颜色各异的梦影，将我们的无意识刻上了静止不动的墙面。

和每一个梦想者一样，过去我总是觉得，自己的使命就是去创造。由于我从未成功地做出过努力或落实过计划，因此对我而言，创造就一直意味着梦想、期盼或索求，而行动则意味着我梦到了自己期望能够开展的那些行动。

自称天才

我不具备生活的能力，却因此自称天才。我粉饰自己的胆小怯懦，管它叫精益求精。我把自己放在了——上帝给我镀上了一层假金——用硬纸板做成的祭坛上，这些硬纸板被涂了颜色，看上去像是大理石。

但是,我却未能成功地骗过自己,也未能相信我自己的错觉。

我的灵魂是一支隐秘的乐队

我的灵魂是一支隐秘的管弦乐队,但是我不知道,在我内心吹拉弹奏、敲敲打打的是哪些乐器——是弦乐器、竖琴、钹还是鼓。我只知道,自己是一曲交响乐。

每一次努力都是在犯罪,因为每一种姿态都代表着一个死去的梦。你的双手是被俘获的鸽子。你的双唇是默不作声的鸽子(来到我眼前咕咕叫的鸽子)。

你的所有姿势都化为了鸟儿。你俯身时是燕子,你看着我时是秃鹫,而在为你轻视的女人的狂喜中,你又成了鹰。我看着你,便看到了一潭满是拍打着的翅膀的水。

你什么都不是,只是翅膀……下雨、下雨、下雨……

淅淅沥沥、绵绵不止的雨……

我的身体甚至令我的灵魂都跟着颤抖了起来,不是因为这冷冽的空气而颤抖,而是因为观雨时产生的寒意发抖。

每一种愉悦都是一种罪恶,因为寻求愉悦是人人在生活中都会做的事情,而最大的罪恶就是去做别人都会做的事。

寻常生活的压迫

有时,在没有预料到或毫无理由预料到的情况下,我会在寻常生活的压迫下作呕;我一听到我所谓的同胞的声音,一看到他的姿势,就会产生恶心的生理反应。这是一种瞬间产生的生理上的恶心反胃,我的胃和大脑会自动产生这种感觉。这是我警觉意识下的一种令人难忘但颇显愚蠢的产物。每个与我谈话的人,每张盯着我看的面孔,都像是对我的一次侮辱,都像是泼在我身上的一摊污物。我的心被对所有这一切的厌恶填满了。我觉得自己能感受到它们,我被这种感觉弄得晕头转向。

在这些腹部不适的时刻,几乎总是有人站在我面前——男人、女人或是小孩,他们仿佛就是折磨我的这种庸俗感活生生的体现。他们并不能体现出我那经过深思熟虑的主观情感,而是代表着一种客观真相,他们是我内心感受的外部对应物;经过具有魔力的类比,他们在我眼中幻化为我设想出的那种规则的完美示范。

植物人

有些人不知道自己是不快乐的,我对所有这些人表现出来的快乐表示厌恶。以真正的感受来讲，作为人，他们的生活中充斥着那些会令人过分焦虑的元素。但是，由于他们真的过着形同植物的生活，因此，他们的苦难来了又去，去了又来，并不会触及灵魂。此外，他们所过的那种生活，唯有走了运但牙疼的人才能与之相提并论——这些人真正可谓走了大运，他们对一切都没有意识，过着无意识的生活。这是诸神赐予的最宝贵的礼物，因为得到这一礼物的人，也能像诸神那样高高在上，凌驾于（尽管是以另一种方式）快乐与痛苦之上。

这就是为何不管发生什么情况，我都喜欢所有的此类人。我亲爱的植物人们！

封杀令

我想针对现代社会中的优秀分子制定一道封杀令。

社会中如果没有了那些敏感的明白人，自然就会成为自治社会了。可以确定的是，这些人就是令社会无法实现自治的唯一阻碍。原始社会是快乐的，因为那时候没有这种人。

不幸的是，一旦被从社会中驱逐了出来，优秀分子就会死去，因为他们不知道如何谋生。而倘若他们之间没有留下一些愚蠢的对白，恐怕又会死于无聊。但我在这里关心的，是社会中全体人的幸福。

社会中出现的每一个优秀分子，都会被流放到优秀岛上去。岛上的优秀者将由社会里的普通人养活着,就像是被关在笼子里的动物。

相信我:如果没有明白人指出人类的各种悲痛,人类甚至可能都不会注意到它们。那些痛苦的敏感之人会连累其他人,让别人也感到痛苦。

就当下而论,由于我们还生活在社会中,因而,我们作为优秀者的一个义务便是尽量少干预本社会的生活。比如,我们不应该看报纸,或者,我们之所以应该看报纸,只是为了要发现有什么趣闻轶事和琐碎之事正在发生。你无法想象,我大致浏览一下地方新闻,就能获得多么大的快乐。一看到"各地新闻"这类名字,我心中那扇通往不确定地点的门就打开了。

对一个优秀分子而言,最高的荣耀就是不知道他所在的国家的政府首脑叫什么名字,或者说不知道他所生活的国家推行的是君主制还是共和制。

他应该小心翼翼地摆好自己内心的位置,如此,正在过去的诸事就不会打扰到他了。倘若摆不好位置,那么,为了留心自己的事情,他将不得不去关心他人。

我们都窝藏着自己犯下的一桩罪

我们要过对美无动于衷的生活,以免我们在人生和生活中产生的那些被冒犯与被羞辱的感觉跑到我们有意识的灵魂之墙的外面去，从而过分地靠近我们感觉中的那层令人厌恶的边缘地带。

我们当中所有的人，身上总归有某些地方是令人厌恶的。我们都窝藏着自己犯下的一桩罪，或是窝藏着我们的灵魂正乞求我们去犯下的一桩罪。

陌生的航行

……夜间擦肩而过的船，既不向对方发出信号，也认不出对方。

内心的海洋

现在，我意识到自己失败了，令我惊讶的仅仅是，我并未曾预见到我会失败。那么，我内心先前那个让我以为自己可能获胜的暗示是什么呢？我既没有征服者的盲目力量，也没有狂人的火眼金睛。我清醒而悲伤，就像是清冷的天气。清晰的事物会让我得到安慰，沐浴着阳光的事物也会让我得到安慰。看着生活在蓝天下流逝，我会回想起很多失去的事物。我迷迷糊糊地忘记了我自己，忘记得太深，恐怕再也记不起来了。我回想起的事物很多，足够填满我那颗没有重量、晶莹剔透的心，只要看到它们，我就会产生甜蜜蜜的满足感。我从来就顶多是一次没有实体的凝视，我唯一的灵魂就是一股吹过并看过万物的微风。我的心态有点儿类似波希米亚人，有点儿像那些任由生活流逝的人。这就像有东西从一个人的指缝间溜走了，因为抓住它的那个姿势，偏偏就在刚刚起了这个念头时睡着了。但我却从未享有过波希米亚式心态带来的好处——满不在乎地接受来来去去的情感。我从来都顶多是个孑然一身的波希米亚人，这是荒谬可笑的；或者，我从来都顶多是个神秘莫测的波希米亚人，这又是不可能的。我已经在自然面前度过了一些喘息的时刻，这些时刻是由敏感的孤寂凝结而成的，对我来说，它们将永远像是勋章。在这些时刻，我会忘记我人生中所有的目标，我会忘记我想要踏上的条条道路。我的内心无比宁静，这份宁静落在我怀有抱负的蓝色膝头上，让我得以安享虚无之乐。但是，我可能从未享受过完全不受打扰、内心没有潜藏着失败感和阴郁感的时刻。每逢我内心得到解放之时，一股蛰伏着的伤感都会冒出来。这些伤感之花会在我意识围墙之外的花园中略微绽开，其气味与颜色会本能地穿透这些石砌的围墙。在我昏昏欲睡的日常生存状态中，这些石墙的远端（那里盛开着玫瑰）一直都在形成"我是谁"这一模糊不清的神秘现象那无法确定的近端。我生活的河流归于内心的海洋。在我梦中的公寓四周，树木随着秋天的到来都被染成了黄色。这片圆形的地盘就是我灵魂的荆棘之冠。我生活中最快乐的时刻就是做梦时，就是做悲痛之梦时。我在梦中的池塘中看到了自己，就像一个瞎了的那喀索斯（Narcissus）[①]，在俯身于水面之上享受清凉时，通过一种内心的夜视能力发现了自己的倒影；这种能力只会与他那抽象的情感交流；在他想象的深处，这种能力会得到母亲般的疼爱呵护。你那用想象出来的珍珠串成的项链，和我一起爱上了我最好的时光。我们都偏爱康乃馨这种花，也许是因为它们不带有讲究排场的暗示。你的双唇庄重地抿着，暗暗赞许自己的笑容中带有的那股讽刺之意。你真的明白你的命运吗？正是因为你在尚未明白命运时就结识了它，用你眼中的悲伤写就的那股神秘，才会在你那顺从的双唇上笼罩上一层阴影。我们（意识）的家园离玫瑰太远了。我们（意识之外的）花园的人工瀑布中，水流中因掺杂了寂静而清澈见底。在水流过的小石坑中，藏着我们孩提时代和梦中的秘密。它们与我们旧时玩过的士兵玩偶一般大。

那时候，我们会把这些玩偶牢牢立在瀑布中的石头之上，让它们一动不动地开展一场巨大的军事行动。彼时，我们的梦中什么都不缺，我们的想象力一点儿也不差。我知道我失败了。我享受失败带来的那种麻木的舒适感，就像一个筋疲力尽的人，反而感激起了那让他卧床不起的发烧。我有着某种交友的天赋，但我却从未交到过朋友。这要么是因为我想结交的朋友根本就没有出现过，要么是因为我想象过的那种友情其实是我梦中出错的产物。我一直都是孑然一身地活着，并且还会更加孤单，因为我的自我意识已经变得更加强烈了。

[①] 希腊神话中的人物，是河神与水泽女神之子，也有水仙花之意，引申为自恋者、顾影自怜等意。——译者注

机会如金钱

机会如金钱,一旦想到它时,它便只能是机会,别的什么都算不上。对那些行动者而言,机会关乎意志,但意志却勾不起我的兴趣。对那些像我这样不行动的人而言,机会就是那首叫作《不存在塞壬[①]》的歌;机会应当以令人舒适的方式遭到拒绝,应当被束之高阁,根本不加以利用。

"有机会能……"在这几个字的前面,应当树立起"声明放弃"这尊塑像。

哦,太阳下四处蔓延的旷野啊,你孑然一身所为的那个旁观者,正在阴影中盯着你看。

哦,用大词长语酿成的酒啊,这些词语宛如波涛,随着自身的呼吸节奏汹涌起伏,之后便微笑着与泡沫——一条条泡沫像蛇一样缠在一起——发出的讽刺,还带有那微微发亮的阴影发出的莫大悲伤撞作一团……

[①] 塞壬是古希腊神话中的海妖,她用自己的歌声迷惑水手,从而令船只沉没、使水手沦为自己的食物。——译者注

行动意味着思想生病了

　　一举手一投足——无论多么简单——都会出卖一个心中的秘密。一举手一投足都是一次引发巨变的举动；也许，都是一次出于我们真实意图的流放。

　　行动意味着思想生病了，意味着想象力得癌症了。行动就是自我流放。每一次行动都是不完美的，都是有瑕疵的。我梦到的那首诗，一直到我试图认识到它的不足之处之前，都是完美无缺的。我们发现，耶稣的传说中已经记载了这一现象。变成了人的上帝对此也无能为力，最终只能殉道。至高的做梦者为一个人子做出了至高的殉道。残缺不全的树荫、羞怯的鸟鸣，阳光下波光粼粼、透着凉意的长长河汉，那些植物、那些罂粟，还有那些简单的感知——甚至在感受着所有这一切时，我仍然在怀念着它们，就像在感受着它们的同时并没有感觉到它们的存在。时间就像是日落时分的马车，穿过我思想的阴影嘎吱嘎吱地开了回来。如果我抬起头来，不再盯着自己正在思考的内容，我的双眼便会因为看到这世界的景象而感到刺痛。为了认识一场梦，人们必须忘了它，要把自己的注意力从它身上挪开。于是，认识其实就是不要认识。生活中满是自相矛盾，正如玫瑰长满了刺。我想为一种新式的条理不清的现象写下颂词，对陷入新的混乱状态中的灵魂来说，把这颂词的意思反过来便是宪章。我总是觉得，吃透了我的梦可能会对人类有用，这就是为何我从未试图编纂过一本解梦大全。一想到自己做过的某些事情可能会对别人有所裨益，我就会感到很难堪，就会感觉自己被掏空了。在生活的郊区，我拥有几座乡村的家园。我逃离了自己的行动之城，躲入我白日梦里的树木与花草之中。我用行动组成的生活中，没有一声回响能够抵达我那绿意盎然的退隐之地。我被自己的记忆催眠了，就好像是被一个没有尽头的过程催眠了。从我那沉思的高脚杯中，我喝下的只是那金黄色酒的微笑；我只用我的双眼喝下了它，然后闭上双眼，生活像远处的一片帆一样漂了过去。

晴朗的日子似乎就是我所缺少的东西。蓝天白云、树木、找不到的那把笛子——树枝簌簌作响，奏出一首未完成的牧歌……所有这一切都是一把沉寂的竖琴，我的手指轻轻地掠过了这把竖琴。由各种沉寂组成的菜园……你那听上去像是"罂粟"的名字……那些池塘……我的回家之旅……那个在主持弥撒时发疯了的疯牧师……这些记忆来自我的梦……我的眼睛始终睁着，但却什么都看不到……我的确看到了的事物却不在这里……江河湖海……那些树木郁郁葱葱的翠色，经过了一团乱麻般的缠绕，便融入了我的血液之中。生活在我身体深处的心跳动着……我无意于寻找现实，但生活却来到我身边，找到了我。命运带来的剧痛！明天我可能就要死了！即便是在今天，一些可怕的事情都会发生在我身上！

当我想到这些事情时，有时会被那个至高的暴君吓到，这个暴君强迫我们在不知道脚下那些不确定的道路会通往何方的情况下，就迈步前行。

幕间虚构作品

幕间虚构作品①以多姿多彩的方式,讲述了我们背后因不信而生的迟钝与懒散。

梦与现实

说到我,我不做梦,就没有在活着。我会梦到真正的生活。如果我们有能力梦到所有的船,那么,它们就都是梦中的船。做梦者会因为自己在做梦时没有活着而被杀死;行动者会因为自己活着时没有做梦而受伤。我将做梦的美感与生活的真实调和成一种令人感到极乐的颜色。无论一场梦在多大程度上可能是属于我们的,我们都从未能像拥有自己口袋中的手帕那样地去占有它,或者——如果你愿意这样比喻的话——它都从未能像长在我们身上的肉那样成为我们的一部分。

---

① 据说,"幕间虚构作品"是佩索阿为自己以分身身份(用异名/笔名)写下的作品拟定的一个通用标题。佩索阿曾计划以此为标题发表几卷作品(具体可参见英译本附录三中《幕间虚构作品》前言的节选部分)。实际上,佩索阿的确曾于1917年以此为题,以本名发表了一组由五首诗组成的组诗。第348篇的最后两段阐明了这个标题的意思。

无论一个人在多大程度上可能会过着一种由充分、自由、有效的行动组成的生活，他还是永远不可能不与其他人接触，不可能不被障碍物（哪怕是较小的障碍物）绊倒，不可能不感受到时间的流逝。

扼杀我们由梦境组成的生活，将无异于杀死我们自身，无异于伤害我们的灵魂。做梦是我们所有的一件真正属于自己的事情，做梦是属于我们的，这一事实无可辩驳，不可改变。

生活与宇宙——无论它们是现实还是幻象——都是属于每个人的。人人都能看到我所看到的，拥有我所拥有的，或者说，人人至少都能想象自己看到和拥有了我所看到和拥有的，而这就是……

但是，除了我，没有其他人能够看到或拥有我梦到的那些事物。如果说，我看待外部世界的方法与其他人的不太一样，那是因为，我偶然间把我梦到的那些久久停留在我眼中和耳中的事物，融入了我所看到的景象中。

我想告诉你

将你的双手合十，放在我手中，然后听我说，我的爱人。

我想告诉你，想用一位听人忏悔的神父在指点迷津时所用的那种轻柔而安慰的声音告诉你：我们渴望得到的与我们实际得到的之间，还差了多少。

在你的注意下用我的声音祷告，我想让你和我一起来做这绝望的应答祷告。

没有一件艺术家的作品是不可以做得更加完美的。逐行细读过那些最伟大的诗作后就会发现，从它们当中找不出来几行不能被修改得更好的诗句，找不出来几幅不能被描绘得更加生动的场景，其整体效果不甚理想，它们从未达到不可能再有大幅度提升的程度。

那些注意到了这一现象，那些有一天恰好思考起这一现象的艺术家们是痛苦的。他将再也不会快乐地工作了，也不可能安宁地睡去了。他将成为一个并不年轻的年轻人，并会在不满意中老去。

那么，人为什么应当表达自己呢？无论一个人可能会有多么的沉默寡言，要是他干脆把想说的话统统留在肚子里，那就更好了。

如果我果真能说服自己声明放弃是美事一桩，那我将会一直多么哀伤地快乐着啊！

你用耳朵去倾听你并不喜爱的这些事物——过去，我时常用这双耳朵听我自己所言。甚至我的耳朵——假如我高声讲话的话——都无法像我心中的耳朵听见我想到的话语那样听见我说出的话。

如果，连我自己在听到自己说话时都会迷惑不解，都总是不能确定自己所言何意，那么，注定会误解我的人岂不是更多了，将会有多少人啊！

对误解展开详细的剖析，就会让别人误解我们！

那些想要被人理解的人，不会享有被别人理解时得到的那种快乐，因为他们的表达方式过于复杂，难以理解；而那些能够被人理解的头脑简单的人，则从来不会产生想被人理解的欲求。

头　疼

　　头疼和宇宙都在折磨着我。肉体上的疼痛比精神上的疼痛更加明显，它们会在精神上发酵，并引发出心中本没有的悲剧。它们会让苦主与每一种事物相交，而每一种事物中，自然也包括了每一颗星星。

　　我不会分享，也从未分享过，甚至无法想象自己会去分享那个堕落的理念。这一理念认为，我们作为活生生的人，是一种叫作大脑的实物的产物，大脑则又产生并栖居在另一个叫作颅骨的实物中。我无法成为一个唯物主义者。我相信，人们会管这一理念的追随者叫唯物主义者。因为我无法在这两者之间建立起一种明白的关系——我指的是一种可见的关系。这两者中的一方是由灰色或其他什么颜色的物质组成的一大堆有形物，另一方是这个叫作"我"的物体——我躲在我的凝视后面，看着几片天空并对它们展开思考，同时想象着那些并不存在的天空。但是，即便我不会仅仅因为两件物体同在一处——比如墙以及我落在墙上的影子——就错误地把甲物看成是乙物；即便在旅行途中，在交通工具上，我也不会产生错觉，觉得自己的灵魂要比肉体更加依赖大脑。我还是真的相信，我们身上的纯粹精神和肉体精神之间，还是存在着一种社交关系的。在这种关系中，这两者有时会吵架。往往会发生的情况是，在这两种精神控制下的人格中，更加普通的那个会令另一个感到厌烦。

　　我今天头疼了，可能我的胃是造成头疼的根源。但是，一旦我的胃向我的头发出这疼痛的暗示，我那躲在思考着的大脑背后持续开展着的沉思，就会受到打扰。遮住我的双眼并不会弄瞎我，但会始终让我看不到东西。因此，现在头疼中的我便发现，在我身外正在开展的演出中，根本没有什么是值得羡慕或值得一提的。在这个荒谬且乏味的时刻，我甚至都不想把这场演出视为这个世界。我头疼，这意味着我意识到自己受到了冒犯。而就像一个人被冒犯后会发生的那样，此时的我心中愤愤不平，很可能会冲着我遇到的每一个人发火，包括那些并没有冒犯我但恰好在我附近的人。

我什么都不想干，只想去死，至少是暂时死去，但正如我已经说明的那样，我之所以会这样，只是因为我头疼。我突然想起来，要是让一个伟大的散文作家来形容这种感受，他会说得远比我有说服力。他会一句接一句地详尽叙述这世上那叫不出名字的烦恼；躲在他一段段文字后的那双不停想象的眼睛，会仔细查看人世间的一幕幕悲喜剧。他的太阳穴会剧烈地抽动一阵，然后，一篇完整的由苦恼与悲惨组成的玄学作品，就会出现在稿纸上了。但是，我可不具备这种能言善辩的才华。我头疼就是因为我头疼。这个宇宙令我痛苦，就是因为我头疼。可是，其实伤害我的那个宇宙并不是那个真正的宇宙——这个宇宙之所以存在，是因为它不知道我的存在——而是另一个只属于我的宇宙。假如我把手穿过自己的头发，就会发现，这个只属于我的宇宙让我觉得，我的每一缕头发都在遭罪——没别的原因，只是为了让我受苦。

丽　蝇

　　距离我上次写作已经过去了几个月。我曾活在一种精神沉睡的状态中，过着别人的日子。我无比频繁地感受到了一种间接的快乐。这段时间我像未曾存在过。我曾是别人。我曾不用思考地生活过。

　　今天，我突然恢复了原本的那个自己或那个梦。我是在完成了一个冗长乏味的任务后，在极度疲倦下变回来的。我把双肘支在那高大倾斜的办公桌上，双手撑着头，闭上眼睛，重新发现了自己。

　　在一种感觉远去、几近沉睡的状态中，我记起了我曾拥有过的每一个身份。记忆中的场景十分鲜明，好像就在我眼前。我突然在每一个身份的之前或之后，看到了那座老农场连着田地开了个出口的那一侧。出现在这幅场景中间的则是脱粒场，空空如也的脱粒场。

　　我立即感到，人生原来就好比一场空，就好像是被手肘中隐隐的疼痛触动了一般。我正看到、感受到、记起来和忘却的每一件事物，都与街上隐约传来的喧闹声以及安静如常的办公室里发出的轻微响声融合在了一起。

　　当我把手搁在桌上，用一种因为目睹过死去的数个世界而势必会很沉重的目光盯着那里，看看那里有什么的时候，我肉眼看到的第一件事物，居然是一只立在墨水台顶上、试图稳住身子的丽蝇（它发出的轻微的嗡嗡声之前是不属于这间办公室的）。我从深渊的深处看着它，我悄悄地看着它，生怕暴露了身份，我全神贯注地看着它。

　　这只丽蝇全身发绿，绿中又透着黑蓝色，它闪亮的样子令人厌恶,但却并不丑陋。这是一个生命啊!

又有谁知道,在什么样的至高存在——代表真理、知道真相的诸神或诸魔,我就在他们的阴影中游荡——在他们眼中,我可能充其量也就只能算是一只丽蝇,一只在他们面前逗留片刻的丽蝇呢?这是一个不假思索的设想吗?是老生常谈的评论吗?是没有真正思想的哲学吗?可能是吧。但是我并没有思考,这是我的感受。我是带着欲念直接做出这个荒唐的对比的,是怀着极大的无望的恐惧做出这个对比的。当我把自己比作一只苍蝇时,我就是只苍蝇。当我在想象中觉得自己像是一只苍蝇时,我真就觉得自己是只苍蝇。我觉得自己有一副苍蝇般的灵魂,我像苍蝇那样睡去,又像苍蝇那样沉默寡言。而更加令人恐惧的是,我同时还觉得,我也像是我自己。我不由自主地抬起头来看向天花板,生怕会有一个木讷的崇高统治者会突然冲下来拍打我,就像我可能会拍打那只苍蝇一样。当我低下头时,那只苍蝇已经幸运地消失了,它一声不吭地飞走了,至少我没有听到它发出任何声音。这间无意识的办公室再次失去了哲学的味道。

感觉真是令人讨厌

"感觉真是令人讨厌。"这句不假思索脱口而出的话,是我在餐馆里遇到的一个陌生人说的。自从我听到这句话后,它便一直在我记忆的底部闪闪发亮。正是这种坦率的语言风格，给这句话平添了趣味。

厌烦不安

我感受最为强烈的就是厌烦还有不安，当厌烦没有理由存在却偏要存在时，不安就是它的孪生兄弟。我害怕自己不得不做出那些手势，从理智层面上讲，我对我不得不说出口的话感到害臊。万物都像事后无补一般事先打击我。

所有这些面孔都无聊透顶、让人不堪忍受，无论聪明与否都透着傻气，不管快乐与否都无比丑陋、令人恶心；它们因为存在着而丑陋讨人厌，它们是一波不关心我的外星生物……

他　者

偶尔，在一些独处的时刻，我们会意识到，自己作为个体，在别人眼中是被视为"他者"的。每逢这样的时刻，我总是发愁，寻思着必须要给那些观察我并与我谈话的人（无论是日常见到的还是偶尔遇到的）留下什么样的身体形象甚至精神道德方面的印象。

我们都习惯于把自己设想成首要的精神现实，而将他人设想为紧随其后的物质现实。我们又稀里糊涂地将自己看成是物质的人，因此我们才要考虑自己在别人眼中的形象。我们还稀里糊涂地将别人视为精神现实，尽管只有当我们陷入爱情或冲突时才会真正开窍，才会发现他们其实和我们一样，也是灵魂占主要位置的实体。

于是，有时候我迷失在了徒劳无果地揣摩我在别人眼中是个什么样的人这个问题中：我的声音听上去怎么样，我在他们那无意识的记忆中留下了什么样的印象，我的姿势、我的话语以及我有形可见的生活，是如何成像在他们用来解读别人的视网膜上的。我从未得以从身外看到过自己。没有一个镜子能在身外把我们的样子照给我们看，因为没有一个镜子能把我们带到自身以外。我们需要换一副灵魂，换一种观察与思考方式（才能在身外看到自己）。假如我是一个在荧屏上展示形象的演员，或者，如果我在唱片上录下自己的声音，那我还是会确定，我仍然不会知道身外的自己是什么样子。因为无论怎样，也不管我可能会以什么方式记录下自己的形象与声音，我总归还是在自己体内的，还是被高墙围着的，还是在我的自身意识这块私人领地上的。

我不知道，别人是否都和我一样；我也不知道，是否人生这门科学本质上就存在于这种疏远自己的过程中，乃至这种疏远成了人的第二天性。人可以带着这种天性去生活，这就好比他背离了自己的意识活着，抑或别人甚至比我还要自恋，他们完全沉迷于只做自己的那种动物欲望中,他们遵循着驾驭蜜蜂和蚂蚁的那种堪称奇迹的天性生活在身外。在这种天性下,蜜蜂组成的蜂群要比任何一个国家还要组织有序;在这种天性下,蚂蚁会用它那小小的触角说出的语言相互沟通,这种沟通的效果比我们用来相互理解的复杂语言体系还要好。

我们对现实的感知形成了一幅地貌。它是由一眼看不到边的凹凸不平的海岸、高低起伏的山脉、数不胜数的湖泊犬牙交错地组成的。如果我考虑得过分深入了,就会把所有这一切看成是一类地图,好比《坦德国》①或《格列佛游记》的配图,也就是一本带讽刺或幻想色彩的书中所配的一幅想象出来的绘制精准的地图。这种地图是供高级人士娱乐消遣用的,他们知道图上的哪些国家是真实存在的。

对于那些思考的人来讲,万物都是复杂的,无疑思考本身也非常乐意令事物变得更加复杂一些。只不过,那些思考的人必须用一套无所不包的讲解法,去说明他们为何会失职。就像撒谎者会极力圆谎一样,他们也会用这套讲解法,以成堆的夸张细节告诉人们,尘土一旦被扫去后,埋在下面的根部终究会显现出来。

万物都是复杂的,或者说,我就是那个复杂深沉、让人猜不透的人。不过,归根结底,这是无关紧要的,因为归根结底,没有什么谈得上是紧要的。所有这一切,所有这些偏离了通衢大道的思量

---

① 1654年,一幅带比喻色彩的"坦德图(Carte du Tendre)"(那个叫"坦德"的国家的地图)附在《科莱丽》(*Clélie*)的第一卷中出版了。《科莱丽》是一部关于爱情和求爱的小说,作者是玛德莱恩·德·斯库德里(Madeleine de Scudéry,1607—1701年)。"坦德"即爱情之国,其间有感情之河穿流而过,其东部有冷漠之湖,还有几座城市,分别叫作真诚、温柔、轻率、怨恨等诸如此类的名字。十七世纪下半叶,法国还流传着另外多部此类"示爱地理书"。

考虑，都在被排斥的诸神的花园里懒散度日，就像从墙上扯下来的攀缘植物。而在今夜，当我在总结这些尚无定论的想法时，便对着这个莫大的讽刺笑了。这个讽刺让这些想法出现在了一个人的灵魂中，而甚至早在星星出现之前，这副灵魂就已经沦为了命运那些宏大目标的孤儿。

写作是对自己的隆重拜访

　　一天又一天，我在自己那卑微而幽深的灵魂中，记录下了那些构成我自我意识之外部内容的体验。我把这些体验揉入了漂泊着的词语中，这些词语一落到纸上便离开了我，在它们自身形成的上坡道和图形牧场上游荡着，沿着概念的通衢大道游走着，顺着迷惑的人行小径走下去。所有这一切对我而言都是无用的，因为没有什么对我有用。但是，写作会让我更加镇定，写作时，我感觉自己就像一个疾病虽未痊愈但呼吸更加轻松了一些的病人。

　　有人心不在焉地在他们铺在桌子上的吸墨纸板上，留下潦草的一行行字和一个个荒谬的名字。这几张纸板上的字迹就是我那颇有才智的自我意识的涂鸦。我在一种感受着我能感受到一切的麻痹状态中追寻着它们，就像一只晒着太阳的猫。有时，我会带着一种模糊的、迟来的震惊感去重读这些文字，就像想起了很多年前就已经忘记了的事物。

我一开始写作，便是要又一次隆重地拜访自己了。我有一些用途特殊的房间——存在于我想象缝隙中的那些人记得这些房间——在这些房间里，我分析自己不去感受的事物并从中体验快乐，我还像审视黑暗角落里的一幅画那样检查自己。

　　我在出生前就已经失去了我的那座古堡。在我出世之前，祖先居住过的那座宫殿里的那些挂毯就都已经被卖掉了。在我降生之前就已经存在的我的那间庄园里的屋子已经沦为了一片废墟，只有在某些时刻，当我内心中闪耀着的月光照在河里的水草上时，我才会在怀旧中打起冷战，想起那个地方来。

　　那里的残垣断壁已经变得光秃秃的了，它们一片漆黑，立在深蓝色的天空之下，这蓝天泛着些许乳黄色，显得没那么暗淡。

　　我像斯芬克斯那样剖析自己。我的灵魂这只已被遗忘的线团从我正想念着的那位女王的膝头上滚落下来——这是她在刺绣过程中发生的一个小小意外。这只线团从嵌在抽屉里的箱子下面滚过，我的一部分就像一双眼睛一样在那里盯着它，直到它消失在一片无名的丧葬般的惊恐中。

我们的爱

　　我不梦想着要占有你。为什么我要那样做呢？那样做只会贬低我梦想的生活。占有身体就是甘于俗套，而梦想着要占有身体，则可能更加糟糕——如果可以这样做的话，那就等于是梦想着流于世俗——这是最令人恐怖的。由于我们不想生育繁衍，那就索性让我们也保持童真吧。因为没有什么比我们一边发誓弃绝生育繁衍的天性，一边还抓着我们已经发誓要弃绝的天性中自己贪恋的那部分不放，更加可耻和有失身份的了，不存在模棱两可的高尚态度。

让我们像永远闭上双唇那样保守着童贞，像梦见的身体那样纯洁。让我们拒绝变成这副模样，像是疯了的修女。

愿我们的爱情成为一段祷告……我看到你时，就是我接受涂油（受膏）仪式的时候。我会用我在念"我们的天父"时的无聊，以及我在念"万福玛丽亚"时的焦虑，将我梦见你的那些时刻串成念珠。

让我们永葆不朽，就像是一扇彩色玻璃窗上的男子人像，对着另一扇彩色玻璃窗上的女子人像……而在我们之间，则有人走过，有脚步声发出冰冷回响的阴影走过……祷告时的念叨……的秘密。有时候，空气中弥漫着香的味道。还有些时候，一个雕像般的人物会先朝这边再朝那边泼洒圣水……而我们，则将一直是那两扇彩色玻璃窗，当阳光撒在我们身上时，我们还是会显出那些颜色。当夜幕降临时，我们还是会露出那样的轮廓……纵使几百年过去了，岁月仍旧不能打破我们那玻璃般的沉默……外面的世界上，文明会兴衰，革命会爆发，各种节日庆典会不断举行并流行一时，平和有序的人们会吵吵闹闹……

而我们，我不真实的爱，则会一直摆着这副无用的表情，总是这般错位地存在着，总是……

一直到某一天，无数个世纪过完了，万千个帝国也终结了，教会终将分崩离析，万物都将停止……

但是我们，显而易见的是，作为不朽的彩色玻璃窗仍存在着——我不知道我们会以何种方式存在，也不知道我们会存在于何种空间中，也不知道我们将存在多久——我们仍将是某位艺术家下意识设计出来并涂了色彩的沙漏。许多年以来，这位艺术家一直沉睡在哥特式的墓穴中，这墓穴之上设有两只天使，它们双掌相对，把死亡这一概念封存在了大理石中。

梦境中的事物

我们梦见的那些事物都只有一面。我们无法绕过它们，看看另一面有什么。生活中事物的问题在于，我们能够从各个方面去看它们。我们梦见的那些事物和我们的灵魂一样，只是我们能看到的那一面。

一封不用寄出的信

我以此信为据，要求你不再出现在我对你的念想中。

你的生活……

这不是我的爱情,只是你的生活。

我怎样爱日落,怎样爱月光,便怎样爱你;我想让这一刻永驻,但此刻,我想要占有的只是占有此刻的感觉。

戏里戏外

没有什么比关爱别人更令人压抑的了——就连憎恨别人也不会更加令人压抑,因为憎恨至少要比关爱来得更加断断续续。作为一种令人不快的情感,那些感受到憎恨的人,自然会更加不太频繁地产生憎恨感。但是,恨也罢、爱也罢,都是令人压抑的;这两种情感都会找上我们,追着我们,都不会放过我们。

我的理想将是借助小说去体验万物,同时以现实生活作为休整的大本营——也就是解读我的情感,同时保留着我对它们的蔑视。对那些热衷于想象且想象力丰富的人而言,虚构作品中主人公的不寻常经历,足可谓真实的情感,甚至更加真实,因为我们和主人公都体验到了这些经历。除了以真正的且能直接感受到的爱爱过麦克白夫人一回,没有比这更美妙的爱情传奇经历了。在经历了这样一场爱情后,除了休息一下,无力去爱现实世界中的任何人,一个人还能干什么呢?

我不知道我被迫踏上的这趟旅程有何意义,我在整个宇宙的陪伴下，在一夜与另一夜之间踏上了这趟旅程。我知道我可以通过阅读自娱自乐。阅读在我看来，似乎是在这趟以及其他旅程中用来消遣时间的最简单的办法。我偶尔会从我真正在感受着的书本上抬起头，像个外国人那样瞅着旅途中一闪而过的那些景象——田野、城市、男女、深深的眷恋、渴望——而所有这一切在我看来，充其量只能算是我休息时的意外一瞥，只能算是一次没有目的的分心之举。我可以借此机会，把目光从一直在如饥似渴读着的书本上挪开，让眼睛休息一下。

唯有我们梦到的才是真正的我们，因为所有其他事物——一旦认识到了之后——其实都是属于这个世界和每个人的。如果我打算将一场梦境化为现实，那我肯定会心生醋意，因为梦若是允许自身化为现实，那就等于是对我不忠了。"我已经做成了我想要的一切"，落魄的弱者会这样说，但这是个谎言；真相是，他像先知一般梦到了生活借助他做成的一切。我们其实一事无成。生活把我们像石头一样扔了出去，我们在空中划过时说着："看，我动了。"

不管这段幕间休息发生在阳光的聚焦下还是星光的闪烁下，如果我们知道这是幕间休息，无疑是无害的。如果剧院门外是生活，我们就去生活；如果是死亡，我们就去死。剧院里上演的戏与此无关。

这就是为何我从未觉得自己如此接近真相，如此参透真相的秘密，就像是那么寥寥几次我去剧院和马戏团时的感受：彼时我才知道，我终于看到了生活最完美的呈现。那些男女演员、小丑与魔术师，都是重要但无益的事物，就好比是太阳与月亮、爱情与死亡、人间的瘟疫、饥饿与战争。万物都是戏剧。我想要的是真相吗？我还是回去继续读我的小说吧……

向自己撒谎

一切需求中最低声下气的，就是想吐露心声，就是要忏悔告解。这是内心外化的需求。

去吧，去忏悔吧，但要忏悔你感觉不到的。去吧，去说出你的秘密，好让它们不再成为你内心的负担。但是，要让你说出的，是那些你从未有过的秘密。

在你说出真相前，要先向自己撒谎。自我表达总是错误的。要下决心意识到：只要开口说话，说出来的就必须是谎言。

关于时间的测量方式

我不知道时间为何物。我不知道衡量时间的真正手段是什么——假设存在这样的手段。我知道，钟表这种衡量手段是骗人的，因为它在空间层面上从外部把时间分割开来。我知道，我们用情感衡量时间的方法同样也是骗人的，因为这种方法分割的不是时间，而是我们对时间的感知。而我们用梦衡量时间的方法则是错误的，因为在梦中，我们只是时慢时快地拂过时间，我们在梦中度过的时光不是快了就是慢了——具体要看梦中涌动的那些我无法把握的东西是什么。

有时我认为,万物都是虚假的,时间则只是一个框架,套在对它而言不重要的事物的外面。在我对自己过去生活的记忆中,不同时段的安置方式显得荒诞不经,它们错落有致地分布在不同的记忆片段中。这样一来,若是从一本正经的十五岁时的我身上截取一段经历,再从身处玩具包围当中的童年时的我身上截取一段经历,前者反而更加年轻。

每当我想到这些事情时,我的头脑就会犯迷糊。我感觉所有这一切中存在着一个错误,但我不知道错在哪里。这就好比我正在观看一场魔术表演,明明知道自己被骗了,却想不出来这骗术使用了什么样的伎俩或利用了什么原理。

之后,我脑中便冒出了一些荒谬的想法,可我不能拒绝它们,因为它们不全然是荒谬的。我在想,在一个在快速行驶的汽车里慢慢思考的人,他的时间是快了还是慢了?我在想,一个跳海自杀的人与一个不慎失足从露台上摔下去的人,两者同为坠落,其下落速度是否相等?

我在想,我吸烟、写这篇文章、含含糊糊地思考,这几个行为——它们发生在同一段时间里——是否真的是同时开展的?

我们能够想象得到,同一根轴上的两个轮子,其中一个总会在另一个前面,哪怕前置了不到一毫米。在显微镜下,这区区一点儿距离会被一直放大,直到大得几乎让人难以置信——大到不可能存在,就好像这一段距离是骗人的一样。那么,为何不应当以显微镜为准,而偏偏相信我们那可怜的视力呢?

以上这些考虑是没有用处的吗?事实上,它们的确无用。它们是推理过程中使用的把戏吗？我不否认这一点。但是，这个无法被衡量却可以衡量我们，并不存在却能抹杀我们的东西，究竟是何物？只有在这些时刻，当我甚至都不知道时间是否存在时，我才似乎感觉到自己是个人，才会想去睡觉。

单人纸牌游戏

  点着煤油灯的夜晚，在宽敞和易于产生回音的乡间房屋中，房屋主人的那些上了年纪的姑婶姨娘们玩着单人纸牌打发时间。与此同时，女佣则在茶壶的烧水声中打着瞌睡。在我的内心有人取代了我，这个人在这无用的平和气氛中感受到了怀旧之情。茶泡好端上来了，那副旧纸牌被洗得整整齐齐的，码放在桌子一角。那巨大的瓷柜投下的阴影，令这昏暗的餐厅越发黑暗了。女佣慢吞吞地赶忙将事情做完，脸上满是睡意。我看到了所有这一切，我自己内心的那个人看到了这一切，带着一种与任何事物都没有关系的焦虑与怀旧之情看到了这一切。而我则发现，自己正在揣摩那个玩单人纸牌的人的思想状态。

春天到来

  我看见春天到来时，并不是在开阔的旷野上，也不是在巨大的花园中，我是在一个小小的城市广场上的几棵枯瘦的树上，看到了春天的到来。在那几棵树上，绿意像特别的礼物一样显眼，像带着暖意的伤心事那样令人愉悦。

  我喜爱这些冷清的广场，它们藏身于车流稀少的街道间，穿过它们的路人也很少。它们是没有用途的空地，总是在那里等待着，在被遗忘的喧嚣间等待着。它们有点儿像城市中的乡村。

  我来到一座广场，顺着连通它的其中一条街走向前去，然后又沿着这条街走回来。从相反的方向看过去时，这个广场显得有些异样，但还是那样的安宁。这种安宁突然被镀上了一层怀旧的色彩——那是正在下山的太阳给它镀上的——我在顺着这条街走向前去时，未曾看到过这幅景象。

  万物皆无用，我也感觉如此。我所经历过的一切都已经被我遗忘了，就好比我只是模模糊糊地听说过它们。所有我将要扮演的角色不能让我想起任何事物，就好比这些角色我都已经体验过并统统忘记了。

  一轮带着淡淡悲伤的落日悬在我周围的一切事物之上。万物都变得冷清，不是因为天变凉了，而是因为我已经进入一条狭窄的街道，那个广场不见了。

热，想脱掉它

热，就像一件看不见的隐形衣，直叫人想脱掉它。

闪　电

我已经感到不安了。事先连一声警告都没有，这寂静就已经停止了呼吸。

突然，来自层层地狱的光发出了钢铁般的嘎吱响声。我蜷缩着身子，像一只抵着桌顶的动物。我平摊着双手，它们像是无用的爪子。一束没有灵魂的光扫过了各个幽闭的角落和所有人的内心，附近的一座高山上传来了摇摇欲塌的声响，轰的一声，撕开了盖住深渊的厚重面罩。我的心跳停止了。我做了个吞咽的动作。在一张纸上，我的意识只看到了一点儿墨渍。

雨后的安宁

热气消退之后，起初还悄无声息的雨渐渐大了起来，乃至有雨声传入耳中。空气中有了那种先前燥热时没有的静谧，有了一种新的安宁。在这份安宁中，雨水飘洒，兀自兴起了一阵微风。这场细雨下出了无比清晰的愉悦感，丝毫没有让天空变得晦暗，也无雷暴之患。此时，甚至就连那些没有穿雨衣、没有打雨伞的人（几乎没有人穿了雨衣、打了雨伞），都在快速从闪闪发亮的街上走过时，笑嘻嘻地你一言我一语说着。

有一阵子我无事可做，便信步来到办公室里那扇开着的窗前——天热时有人把它打开了，下雨时却没有人去关上它——像我惯常的那样，兴致勃勃却又心不在焉地看着我刚刚在亲眼看到前就准确形容过的那幅场景。是的，两个开心的凡人在那里走着，他们在这场好雨中边走边笑。与其说他们走得匆忙，毋宁说他们走得敏捷，他们就在这虽然晦暗朦胧但也有些光亮明晰的天气中走着。

然而，突然之间，从一处街角的后面，有一个苍老的、长相凶恶、可怜巴巴且毫不谦和的人蹿了出来，闯入了我的视线。这个人在渐渐下大的雨中不耐烦地赶着路。他显然没有明确的意图，但他至少是不耐烦的。我留心地看着他，不再是看东西时的那种粗枝大叶的看法，而采用了努力分辨出事物标志性特征的那种看法。他没有表现出任何一个人的特征，这就是他匆匆忙忙的原因。他表现出了那些从来就谁都算不上的人的特征，这就是他痛苦、不耐烦的原因。

他不属于那些人——那些人在感受到这场雨带来的让人高兴的不适时都会会心一笑——而属于这场雨本身,他是一个完全丧失了意识、只感受到了现实的人。

不过,这不是我想要说的。在我对那位路过者的观察(总之,我现在已经看不到那个过路者了,因为我停下来看这个人了)和我思考的主线之间,横亘着某些东西。某些没有观察到的谜团,灵魂中的某种急迫感在那里阻拦着,让我无法继续观察下去。我分神良久,此时,没有在听的我却听到办公室远端传来了包装工人的吆喝声——库房的地盘就从那里算起。此时,没有在看的我却看到了打包用的双股绳,它们在一捆捆裹在深棕色纸中的书上绕了两道,打了双结。这些书就放在办公室后面窗户旁的桌子上,就在那些可笑的事物和剪刀当中。

看见就是回忆已经看见过的。

一条人生准则

我们应当而且能够从每个人身上有所学习,得到领悟,这是一条人生准则。我们可以从江湖郎中和招摇撞骗者身上学到严肃而认真的事物,我们可以从愚笨的人那里讨教到一些哲学道理,我们会因为机缘巧合和恰巧遇到忠义之人而学到传授忠诚与正义的课程。万物当中自有万物。

在沉思过程中的某些头脑特别清醒的时刻——比如，我耳聪目明地游荡在街上的那些清晨时分——每一个人都会给我留下一种新奇感，每一栋建筑都会教给我一些新的东西，每一张广告牌都会给我留下一条信息。

我这无声的散步就是一场持续展开的对话，所有我们这些事物——人、建筑、石头、广告牌与天空——构成了一个巨大的团结友爱的群体。在命运的洪流中，我们用话语你推我挤着。

了不起的人

昨天，我看到了一个了不起的人，而且还听他说话了。我说的不是一个据说了不起的人，而是一个真正了不起的人。他是个有价值的人——如果这世上存在价值的话，人们都知道他有价值，对此他也心知肚明。因此，在我看来，他符合一个人被称为"了不起的人"所必备的一切条件，而这便是我对他的称呼。

他有着一副疲惫的生意人的外貌。他的脸上显出疲态，这可能是思虑过多所致，也可能只是他过着不健康生活的后果。他的身体姿态毫不引人注目。他注视人的目光中有一种灵动——那是不近视的人才会有的好眼力。他的声音有些含糊不清，就好像开始扩散了的全身瘫痪已经影响到了他灵魂中的言语表达这项能力。而他用言语表达出来的灵魂,则继续念叨着党派政治,念叨着埃斯库多(悲剧之父)的贬值,念叨着在了不起这个方面他的同事们有哪些地方还没有做到位。

如果我事先不知道他是谁,便无法凭借其外貌认出他来。我认识到,了不起的人并不非得要长成凡夫俗子心目中英雄人物的理想模样——若是这样,一个伟大的诗人便总是会有着阿波罗的身体和拿破仑的表情了——或者说,了不起的人不是最起码非得要长着一张表情丰富、便于辨认的面孔才行。我意识到,此类想法太不着调,如同他们是人这一见解一样荒谬。但是,如果我们不能预料到所有或接近所有的事情,至少也能预料到某些事情。而在从我们所看到的那个人过渡到会说话的那个灵魂的这一过程中,尽管我们无法期望会碰到活力与热情,但至少应该可以指望,能在其中发现聪明才智与些许不同凡响。

所有这一切——这些凡人的幻想——都迫使我们去打听,在我们都理解的那种启示中,如果有真相的话,那这个真相究竟是什么。似乎这个商人的肉体和这个懂礼貌、有教养的家伙的灵魂,想必是在各自完全独立存在时,就已经神不知鬼不觉地开展了某种它们完全不需要开展的内心活动。似乎是它们虽不说话,但有某种声音借助它们说话,讲出了那些它们说不出口(若是说出来便是错的)的话。

这些都是随意而无用的猜测。有时候,我会因为自己沉溺于这样的猜测中而感到后悔。它们并没有降低这个(了不起的)人的价值,也没有令他的身体更加富有表现性。但是,在做出了这样的猜测之后,就不存在任何能改变事物的事物了。此时,我们所说的或所做的,也就只能掠过那些山的山顶了——万物都睡在它们的山谷中。

没有人能理解别人

没有人能理解别人。我们是——正如那位诗人①所言——人生海洋中的孤岛；在我们之间流淌着的，是那既把我们分开同时也把我们隔开的海水。无论一个人多么努力地试图了解另一个人，他也只能消化一个词向他透露出的信息——如果说，他对别人的理解是一片地面，那这个词就是投射到这片地上的一个形状不定的影子。

我热爱表达，因为我对他们表达出来的内容一无所知。我就像是马大的主人②：我对已经赐给自己的东西感到满足。我看到了，这就足够了。谁又能参透某些道理呢？

也许，正是因为持有这种与我们能够理解事物相对的怀疑态度，我才会以完全相同的方式去看一棵树与一张脸，去看一张海报和一抹微笑。（万物都是自然的，万物都是人造的，万物都是平等的。）我看到的每一件事物对我而言都只是能被看到的事物而已，不管它是拂晓前泛着淡青色的蓝色高空，还是听说了至爱之人死去的噩耗，但尚

---

① 即马修·阿诺德（Matthew Arnold）在他的诗《致马格莱特——续篇》（*To Marguerite-Continued*）中所言。另：马修·阿诺德（1822—1888年）是英国诗人兼评论家。——译者注

② "马大的主人"：佩索阿可能指的是《路加福音》里记载的这幅场景：耶稣因为马大过分地为伺候他吃饭这件事而烦扰，便责怪她没有像她的妹妹马利亚那样去享受耶稣的陪伴。佩索阿写到这里时，可能同时/或者想起了《约翰福音》里的另一幅场景：马利亚曾用昂贵的哪哒香膏抹耶稣的脚，有人说她这是"浪费"之举，耶稣为她做了辩护。

未亲眼见证的人强作镇定时皱眉的表情。

我们看过后便翻过去的一幅幅素描、一张张插图、一页页书本……我的心不在它们身上，我的目光只是从外面扫过了它们，就像一只苍蝇掠过了一张纸。

我是不是甚至连自己是否在感受，是否在思考，是否存在着都不知道呢？我只知道，有一个囊括了各种颜色、形状和表达的客观计划，在这个计划中，我就是那面派不上用场、准备出售的、不停变化着的镜子。

小餐馆

与心怀一个偶然产生的自然目标、沿着人生之路走下去的那些真实的普通人相比，那些闲坐在小餐馆里刻雕像的人所刻的东西，只能被比作是梦中见到的某些精灵——确切来说，这些精灵既不会成为梦魇，也不会引发焦虑；只不过，当我们醒来后再回忆起它们时，嘴里会冒出一股我们自己也说不清、道不明的臭味，我们会深感厌恶，不是冲着它们，而是厌恶它们所象征的某些东西。

我看到了这世上那些真正的天才与征服者——两者都既伟大又渺小——他们在事物组成的夜里扬帆航行，明显朝着他们那高傲的船头正劈开的地方驶去。他们航行在那漂着成捆稻草和碎木栓的马尾藻海中。

那些小餐馆囊括了万物,它们仿佛是办公室大楼后面的那个内院,透过库房窗户的格栅望进去,那里就像是为那些被关押着的垃圾准备的一间牢房。

爱就是去占有

我们不能去爱,孩子。爱是最能勾起人淫欲的幻想的。听着:爱就是去占有。而一个爱人占有的是什么呢?是身体吗?为了占有它,我们将不得不去吸收它、吃了它,把它的内涵变成我们自己的。而这是不可能实现的,即便可能实现也不会持久下去,因为我们自己的身体也会衰老和转变,因为我们甚至都不占有自己的身体(只占有我们对它的感觉),还因为一旦我们占有了所爱之人的身体,它就会变成我们的而不再是他人的,因而爱也就会随着另一方的消失而消失。

我们占有灵魂吗?仔细听好:不,我们不占有灵魂。甚至就连我们自己的灵魂都不属于我们。如此看来,一副灵魂又怎么能够被人占有呢?横亘在一副灵魂与另一副灵魂之间的,是那个无法逾越的鸿沟:它们事实上是两副灵魂。

我们占有的是什么呢?我们占有的是什么呢?是什么勾起了我们的爱人之心?是美丽吗?当我们爱上别人时,我们会变美吗?如果我们非常激动地完全占有了一具肉体，那我们真正占有的是什么呢？我们真正占有的不是肉体，不是灵魂，甚至也不是美丽。我们把一具诱人的肉体紧紧揽入怀中时，所拥抱的并不是美丽的身体，而是带着脂肪的由细胞组成的人肉；我们接吻时，吻上的并不是美丽的嘴巴，而是那正在腐烂、由薄膜包着的湿乎乎的唇肉；甚至就连性交——尽管我们承认，这是一种密切而热烈的接触——也不是真正的插入，甚至都谈不上是一个身体进入了另一个身体。我们占有的是什么呢？我们真正占有的究竟是什么呢？

至少，我们占有自己的感觉吧？爱难道不至少是一种借助我们的感觉去占有我们自身的手段吗？爱难道不至少是一种更加生动因而也更加绚丽的做梦方式吗？难道不是我们存在于其中的那个梦吗？此外，相关的感觉一旦消失了，与其对应的记忆至少会永远留在我们的脑海中，以便我们真正占有吧？……

让我们干脆都不要抱有这样的妄想，我们甚至都不占有自己的感觉。不要说话。记忆充其量只是我们对过去的感觉，而每一种感觉都是一种幻象……

听我说，一直听我说下去。听我说话，不要朝窗外张望，不要瞅着远端那无比平滑的河岸，也不要去看那朦胧的夕阳……也不要瞧向那辆鸣着笛通过那段空荡荡距离的火车……认真地听我说：

我们不占有自己的感觉，我们也无法借助它们去占有自己。

（装着暮光的那只歪斜的桶，将油画颜料泼在了我们身上，时间就像玫瑰花瓣一样，一小时一小时地漂浮在它上面。）

赞颂荒谬（一）

　　我语带伤感，诚恳地说话。这不是一件值得高兴的事，因为做梦时产生的那些快感是自相矛盾和令人沮丧的，我必须要以一种特别的神秘方式去领略。有时候，我会诉诸内心、客观地去观察自己甚至都不敢想象能看到的那些宜人且荒谬的事物，因为若是我们的肉眼能看到它们，那就实在是不合常理了——沟通虚无与虚无的桥梁，既无起点也无终点的道路，上下颠倒的景观——那些荒谬、不合逻辑、自相矛盾的事物，所有那些令我们脱离现实，把我们从现实及其类目繁多的附属物（切合实际的想法、人类感受、一切有用和有利可图的行为观念）中带走的事物。荒谬使得那种精神状态——在这种状态下，做梦就是令人甘之如饴地发怒——从来都不会变得过于单调乏味。

　　我倒是有一种特别的神秘方法，可以用来看到这些荒谬之物。以某种我无法解释的方式，我能够看到这些任何一种人类视力都难以洞见的事物。

赞颂荒谬（二）

　　让我们将人生变得荒谬吧，从东到西都变得荒谬。

倘若我是别人

尽管今天空气清澈，几近完美，但这充满阳光的空气却仍然是沉闷不流通的。这种感觉既不是尚未到来的暴风雨当下造成的压抑感，也不是我们不由自主的身体中产生的不适感，更不是湛蓝的天空中若隐若现的模糊感。我们所感觉到的，是因为想到没有在工作而产生的懒散感，就像用一根羽毛去挠我们那张正打着瞌睡的脸时产生的感觉。闷热是闷热了点儿，但这毕竟已经是夏天了。此时的乡下颇为诱人，即便是那些不喜欢乡下的人也会被它迷住。

倘若我是别人，那么在我看来，这样的一天无疑是快乐的一天，因为我会在不去思考它的情况下去感受它。我将盼望着结束我一天的日常工作——它们对我来说，就是日复一日、寻常到枯燥乏味的工作——然后和几个朋友乘坐有轨电车去本菲卡。到太阳落山时，我们将正好在那里的其中一家花园餐厅里吃晚饭。我们在那一刻表现出来的快乐，将成为彼时彼地风景的一部分，所有那些看到我们的人也会这么想。

但是，由于我就是我，就只能从把我自己想象成别人这个小小的念头中得到些许乐趣。是的，不久之后，那个坐在树下或树荫下的"他-我"，将吃下双倍我所能吃下的食物，喝下双倍我敢于喝下的酒，还会发出双倍我所能想象到的笑声。不久之后是他，当下是我。是的，有那么一会儿我成了别人：在别人身上，我看到并体验到了这种人类才有的谦卑的快乐，这种快感下的自己，就好像变成了一只生存在衬衫袖筒里的动物。那个让我梦想到所有这一切的大日子啊！天空是那么的蓝，就像我那短暂的梦。在梦里，我变成了一个身强体壮的销售代表，正在安度一天的工作结束后的小小假期。

几则格言

　　乡间总是见不到我们的身影。那里，只有那里，才存在着真正的树木与真正的树荫。

　　人生就是夹在感叹号与问号之间左右为难，疑虑是用句号打消掉的。

　　奇迹是上帝偷懒造成的——或者毋宁说，当我们创造出奇迹时，我们就说上帝偷懒了。

　　诸神是化身，是我们永远无法企及的那些身份的化身。

　　对所有的假说都感到厌倦……

轻微的醉意

低烧令人产生轻微的醉意，这份醉意带着轻柔但具有穿透力的不适感——我们疼痛的骨头发冷，我们抽动着的太阳穴下的眼睛发热——我喜欢这种不适感，就像奴隶钟爱着压迫他的主人。

这种不适感令我虚弱不堪、颤抖不已、陷入被动。这种状态下的我会走马观花、错过想法，会迷失在突然产生的意外感受中。

思考、感受与索求成了一团乱麻。信念、感觉、想象出来的事物以及真实的事物，全都搅在了一起，就像好几个抽屉里装的东西都被打翻在了地上。

分门别类

那些对事物分门别类的家伙——我的意思是，那些只研究如何分类这门科学的科学家——大体上并没有认识到，可被分门别类的事物是无穷无尽的，因而也就无法被分门别类。但是，真正令我震惊的却是，他们没有认识到，知识的缝隙中也隐藏着一些事物——关系到灵魂和意识的那些事物——这些事物也能被分门别类。

也许是因为我思考得太多或做梦太多了，抑或出于其他原因，我并没有把存在的现实与不存在的现实（梦境世界）区分开来——梦境世界就是并不存在的现实。于是，我便在自己对天空与大地的反复琢磨中，穿插了那些既没有被阳光照到，也没有被双脚踩到的事物——我发挥想象力后，脑海中不停闪过那些奇思妙想。

我用自己虚构出来的落日把自己染成了金色，但是，在我的虚构中，我虚构出来的那些事物都是真真切切存在着的，被自己想象出来的微风吹拂着，我感到非常惬意，但是，这阵想象出来的微风只在它被想象到时才会存在。根据各种假设，我是有灵魂的，而每一种假设都有自己的灵魂，并且都把它的灵魂给了我。

唯一的问题是现实带来的这个问题，就如同现实为何会存在下去那样无解。我对一棵树和一个梦之间的区别有所了解吗？我能触摸到树，我知道我会做梦，这一切真正意味着什么呢？

这一切是什么呢？这一切就是，独自身处这间被遗弃的办公室中的我，能够在不抛弃理智的情况下，以想象的方式活着。我的思绪并未被那些空无一人的办公桌以及除了包装纸和线球空无一物的装运部打乱。

我没有坐在自己的凳子上，而是靠在莫雷拉的那张舒适的扶手椅上，享受着一种提前得到升迁的快感。也许，我是因为受到了周围环境的影响，才会完全陷入这种心不在焉的状态中。这三伏天令我疲乏不堪；我睡了却没有睡着，因为我缺乏入睡的精力。而这就是我如此思考的原因。

这条街

  我对这条街感到厌烦了,不过,不,我没有厌烦它——这条街就是全部的生活。对面是那家小旅店,如果我转头朝右边看过去,就能看到它了;还有那些堆起来的箱子,我转头朝左边看过去,就可以看到它们了;中间还有——只有我完全转过头去才能看到——鞋匠挥舞锤子,它发出稳定的敲击声,这鞋匠铺就在非洲公司那些办公室的入口处。我不知道那排办公室的楼上有什么。三楼据说有一间不道德的出租房,但是,万物和生活也是不道德的。

  对这条街感到厌烦了?只有思考才会令我感到厌烦。我在看着这条街或是在感受它时,并没有在思考。我内心极为安宁地干着自己的工作,藏在自己的角落里,以记账的方式来看,我谁都算不上。我没有灵魂,这里没有人有灵魂——大家都只是在这间大办公室里工作而已。那些百万富翁过着好日子的地方——这样的地方总是某个外国异邦——也同样有工作,也同样没有灵魂。将流传下来的,只不过是这个或那个诗人罢了。但愿我用的一个词组——只是我写下的会让人们说"写得好"的一点儿内容——也能够流传下来,就像我记录下的那些数字一样,在我整个人生的账本上反复出现。

  我觉得,我会一直在一家纺织品仓库里当一名助理记账员。我无比真诚地希望,自己永远都不要被提升为首席记账员。

秋　天

很长一段时间以来——我不确定过了几天还是几个月——我都没有对任何事物留下什么印象；我没有思考，因此我不存在。我忘了我是谁。我无法写作，因为我魂不守舍。通过一次间接的沉睡，我成了别人。当我意识到记不得自己是谁时，便意味着我醒来了。

我昏过去了一阵子，脱离了我的生活。我回归自我时，已经记不起来自己曾经的模样了；我的记忆也被打断了，想不起来自己曾受过什么样的折磨了。我对一段神秘的插曲还有一些模糊的印象，我的一部分记忆正在徒劳地努力，试图找到另一部分记忆。我无法找回完整的自己。就算我曾在这段时期生活过，也已经忘记了，意识不到了。

并不是说，这第一个酷似秋天的日子——这第一个凉得让人有些不舒服的日子，它为逝去的夏日换上了一身更加暗淡的衣服——以一种令人分心的清澈透亮，让我感受到了目标的破灭与欲求的不当。也不是说，在这失去之事物的插曲中，还残留着无用之记忆的灰白印记。真实情况比以上形容的更加痛苦。事实上，我花费了很长一段无聊的时间，试图记起那些回忆不起来的事物。我痛苦不已，因为我的意识消失在了那谁也说不清楚位置的海岸上，消失在了芦苇与海草丛中。

我知道，那个晴朗无风的日子有着一个不折不扣的蓝天，那蓝色不如深蓝那么鲜艳。我知道，那天的太阳不像之前那么黄灿灿的，它用带着湿气的微光沐浴着墙壁与窗户。我还知道，虽然没有一丝风，也没有一袭能让人回想起有风之时并意识到现在无风的微风，但是，在这雾气朦胧的城市里，还是有一股难以入眠的凉意在打着盹。

所有这一切我都知道，无须去思考，也不用去索求。而我之所以打瞌睡，只是因为我记得自己会打瞌睡；之所以念旧，也只是因为我骚动不安。

我徒劳无益地从我从未得过的病中恢复了过来，恢复程度极其有限。完全清醒了之后，我便准备去做我不敢做的事情。什么样的瞌睡让我睡不着？什么样的爱慕拒绝与我交谈？成为别人，在活力四射的春天里深深吸上一口冷空气，这是多好的一件事啊！哪怕至少能想象这幅场景，也该有多好啊——要比生活好多了！可在我的记忆深处，在我尚记得的想象中，却是另一幅景象：青绿色的芦苇垂荡在河边，一点儿起风的迹象都没有。

往往，每当我记不起我是谁时，就会觉得自己年轻了，就会忘记其他一切事物了，这样的时刻何其多啊！此时此刻，那些虽然存在但我从未见过的景象已经变样了，而那些虽未曾存在过但我确实见过的景象，对我而言则成了新的景象。我何必在意呢？我趁着中途休息的间隙退场，上了机缘的当。现在，随着太阳自身似乎都要散发出冷气，河边那深色的芦苇也在我看到但并不属于我的日落中冷冷地睡去了。

烦恼是我的伙伴

我已经走到了这一步：冗长乏味地成了一个人，成为我自己的陪伴者这一虚构出来的化身。

生活舞台上的演员

外部世界就像舞台上的演员那样存在着：人还是那个人，但却是在扮演另一个人。

是雾还是烟

是雾还是烟？是正从地上升起来，还是正从天上降下来？根本无从说起。这似乎更像是一种病态的空气，而不是散发出来的气体，也不是某种类似起雾的天气现象。有时候，这似乎更像是一种眼疾所导致的视觉效果，而不是真正的自然现象。

不管这是什么，整个大地都笼罩在一种隐约令人不安的气氛中，健忘与弱化就是这种气氛的基调。这就好比那个不光明正大的太阳，在一个不完美的身体里慢慢变得沉默了；又好比大家都产生了一种直觉：即将要发生的某些事情，已经令这个可见的世界开始隐藏自己了。

很难说天上是布满了云还是雾。天空中满是挥之不去的雾，时而这里、时而那里又会显露出一些颜色来。这灰暗的烟雾略微泛黄，在个别烟雾已经散去的地方，露出了不真实的粉色或是迟迟不消褪的蓝色——不过，这蓝色可能是从烟雾空隙中透露出来的天空的颜色，而不是覆盖在这层烟雾之上的另一层蓝色。

没有什么是确定的，甚至就连不确定也不是确定的。这就是为何只有把雾叫作烟才算是意料之中的，因为这雾不像是雾；此外，问它是雾还是烟也算是情有可原，因为无法确定它是雾还是烟。甚至，就连这气温也甚是可疑。天气不热也不冷，气温也不是介于高低之间的，而似乎是由与热量毫不沾边的其他因素决定的。事实上，这雾看上去觉得凉爽，摸上去却似乎很热，就好比视觉与触觉是同一种感知能力的两种不同模式。

人们甚至都不能在树木轮廓或建筑边角的周围，发现真正的雾降时临时会显出的那种模糊不清的边线，也不能发现真正的烟升腾起时会有的那些时隐时现的朦胧的轮廓。似乎每一个物体都朝每个方向投下了自身那朦胧的昼间阴影，无需光源来证明它是阴影，也无需一处专门供其投射的地方来说明它是某种可见之物。

不，事实上，它也不是可见之物：它就像是某种将要出现却始终没有出现的事物，犹豫不决、不想让人看到。

那么，心中的主要感受是什么呢？不可能有任何感觉，内心已在思考中完全破裂成了碎片，百感交集，乱成一团，意识存在于神志不清中，某些类似听觉的官能增强了——但是，这是灵魂中的感觉——这是为了要理解一次态度明确但无济于事的披露。这次披露总是几近水落石出，宛如真相；同时又总是相当于什么都没有揭露，亦如真相。

甚至就连心中尚存的那份想要睡觉的欲望都已经消退了，因为仅仅是产生这样的渴望似乎已经是用力过猛，让人不堪承受了。甚至就连不再去看都会令眼睛受伤。一旦灵魂完全且毫无感情色彩地宣布放手了，这个不可能存在的世界，便只存留着那些来自外部的遥远的声音了。

啊，另一个世界、其他事物，另一副可以用来感受它们的灵魂，另一套可以用来认识这副灵魂的思想！

任何事物，甚至是枯燥乏味——不管什么都可以，就是不要有这种灵魂与事物一概模糊不清的状态，不要有这种万物都蓝幽幽的、孤苦伶仃的不确定状态！

换一种方式做梦

我随心所欲地推理，与我做梦时如出一辙，因为推理其实就是换一种方式做梦。

哦，良辰美日时的王子啊，我曾是你的公主，我们曾以另类的爱情相爱过。每当我记起那场爱，心中便会悲痛。

希　望

黎明时分，在建筑物之间，光线与阴影（或明暗不一的光线）形成的斑块犬牙交错，晨光洒满了这座城市。这晨光似乎不是太阳发出的，而是城市自己发出的，阳光仿佛是从墙壁和屋顶上照射过来的——不是从它们身上散发出来的，因为它们正好在那里。

我看到并感受到了这晨光，心中便升起了一股莫大的希望，但我认识到，希望停留在文学中。早晨、春天、希望——在音乐中，它们被致力于悦耳动听的相同意图串联了起来；在灵魂中，它们被对同一意图的相同记忆串联了起来。如果我像观察这座城市那样去观察自己，就会认识到，我所能希望的无非只是让这一天和每一天一样早点儿结束。理性也看到了这一天的黎明。这一天里，无论我抱有什么样的希望，这希望都不是我的。这希望当然属于那些刚刚度过了过去这一小时的那些人，而我只是恰好有那么一阵子表现出了他们外在的理解方式。希望？我有什么值得希望的？这一天就是一天，它没有向我许诺过多于一天的时间，并且我知道，这一天有一定的时限，还有终结之时。时光让我振作，但不会令我有所长进，因为我在走开时，依旧会是那个我——只是又虚度了若干个小时，又体验了一两份更加快乐的感受，又增添了一两个更加伤心的念头。在新生事物出现时，我们既可以感受到它是刚刚出生的，又可以认为它终究难免一死。现在，在已经完全升起来的太阳的照耀下，整座城市的景观宛如一片遍布建筑物的开阔旷野——自然、辽阔、和谐。

但是，在看着所有这一切的同时，我能够忘记自己的存在吗？我对这座城市的意识，归根结底就是我对自己的意识。

我突然记起了小时候的经历，并且——就像今天我看不到一样——看到了黎明降临在城市上空的景象。彼时，黎明不是为我，而是为生命降临的，因为彼时的我（尚没有产生自觉的意识）就是生命。那时，我看到破晓了，就觉得快乐；今天，我看到破晓时心生快意，可之后便感到伤心。小时候的我仍在那里，但早已默不作声了。我看到了自己之前看事物的方式，但在我的双眼之后，我却看到了自己在看。这便足以令日光暗淡，令郁郁葱葱的草木老去，令百花还未绽放就凋谢了。是的，我曾经属于这里；但是今天，在每一处景观（无论多么新奇）前，我都像一个异邦人、外来客、朝圣者一样站着。在它们面前，我仿佛是一个由自己的所见所闻组成的身外之人，是一个老去的自己。

我已经见过了一切事物，甚至包括那些我从未见过和永远不会见到的事物，甚至就连对未来景观的记忆，都已流淌在我的血液中。我焦虑不安，不知道自己将不得不再次看到什么样的事物，这种焦虑对我而言也已经变得单调麻木了。

而当我倚靠着窗沿欣赏着这一天的景观，盯着五光十色的整座城市时，我的心中只有一个念头：我特别愿意去死、不再想活着了，不再想看到日光照在这座城市或其他城市上，不再想思考，不再想感知。我想像一张包装纸一样，被不断前行的时间和日头落在后面，我想像扔掉大床边的一件厚重的衣服那样，放弃为了存在而身不由己地努力。

便宜的雪茄

闭着眼睛抽上一根昂贵的雪茄——一个人要是想体会到富足感，如此足矣。就像再度造访自己年轻时住过的一处地方的某个人一样，我在抽着一根便宜的雪茄时，就能回到那里——从内心和灵魂上——我人生中曾抽过它们的那段时光中去。透过烟草那温和的气味，整个那段往日的时光会朝我扑面而来。

还有些时候，某种甜蜜也能让人产生富足感。区区一块巧克力就能勾起太多的回忆，足以令我的神经大受触动。童年时光！随着我的牙齿陷入那块黑乎乎软乎乎的巧克力中，我便咀嚼并品味起了我的那些微不足道的愉悦感。我把此类感觉视为我那些玩具士兵的快乐的陪伴者，视为与那根恰好被用作我的战马的随便什么棍子完美匹配的骑士。我的眼中涌出了泪水，随着这巧克力的味道一起被我品味到的，还有我从前体验到的快乐以及我那早已失去的童年。我舒适地沉浸在因追忆而产生的甜蜜中。

这种品味的仪式无论可能会有多么的简单,都和任何其他仪式一样庄重。

但是,最细致入微、深入灵魂地重构了我的过去时光的,还是吸烟时产生的烟雾。由于这烟雾只是勉强能掠过我的味觉,因而便以某种错位的方式,让我回想起了那些自己曾以更加常见的方式死去的时刻;这烟雾令这些时刻显得更加遥不可及了,让包裹着我时的它们更像是薄雾了,也让我在体验它们时更觉其缥缈朦胧了。一根薄荷味香烟或一支便宜的雪茄,会把我的某些过去的时刻包裹在一种甜蜜的柔和感中。

我带着尽可能最大程度的敏锐细致——味觉与嗅觉加在一起——重新创造出了那个已经不复存在的舞台布景,并且用一段来自过去时光的各种颜色将它们粉饰一新。这段时光已经令人厌烦且惹人讨厌地远去了,这样的远去总是带着十八世纪的味道,这段时光已经永久失去,无法追回了,这样的失去总是带着中世纪的味道!

我的灵魂在哭泣

想要在一块顽石或一粒尘埃中转世轮回——我的灵魂怀着这样的向往在哭泣。

我正失去自己对万物的味觉，甚至就连发现万物本无味这样一种体味也荡然无存了。

伤 怀

我不知道自己如何才能弄清真相……生活令我忧心忡忡……任何情感都是我不堪承受的……唯有上帝明白我的心意……我曾目睹过什么样的送葬队伍，其中出现了许许多多记不起来的华丽物件，从而引出了我的怀旧之情？同样是我目睹过的，能勾起我怀旧之情的还有这些场景：那些华盖是什么样的？星星是如何排序的？百合花是什么样的？燕尾旗是什么样的？彩色玻璃窗又是什么样的？

我们最天马行空的幻想，走的是一条什么样的阴凉的神秘之路呢？我们在幻想中无比清楚地记得这世上的涓涓细流、柏树与黄杨树。我们在幻想中前行时是找不到华盖的，除非我们的幻想落空了。

不要说话……你出现得太频繁了……要是我没有看到你……仅仅作为我的一段美好回忆，你将在何时出现呢？在你出现之前，你还要成为多少个女人啊？我不得不设想自己能看到你，这是个没有人用过的老桥段……是的，这就是生活。其他人已经扔下了他们的桨……同伙们不守帮规了……破晓时分，骑士们带着长矛叮叮当当地离开……你的城堡无可奈何地等着被遗弃……风不会不光顾山顶上的一排排树……无用的门廊、藏起来的银器、预言般的标志——所有这一切都属于古庙中那些暗淡了的微光,而不属于我们当下遇见的种种事物,因为欧椴树没有理由把树荫从你的手指上和它们那慢了半拍的姿态上挪开……

至于遥远的领土,就更有理由去争取了……彩色玻璃窗上的国王们签订的条约……宗教画上的百合花……侍从们在等谁?……那只消失了的鹰飞去了哪里?

两个国王

想把这世界绕在我们的手指上,就像一个坐在窗口做白日梦的女人,会用手指摆弄一条线或一根带子……

归根结底,一切事物其实就是我们以这种无害的方式,试图去感受冗长乏味。同时当两个国王会很有趣:不是成为两个国王共享的一个灵魂,而是兼有两个截然不同的、国王才会有的灵魂。

这就是我们的生活方式

生活，对大多数人而言，是他们很少会留意到的一件烦人事，是间或有些开心的伤心事。人们过日子就如同看守尸体的人讲些趣闻轶事，好熬过寂静的漫漫长夜，好顺利履行他们要守一夜灵的这个义务。我一直认为，把生活看成是一条眼泪汇成的溪谷，这种看法其实纯属枉然。是的，生活的确是一条泪谷，但我们却很少会在其中哭泣。海涅说过，在巨大的悲伤过后，我们总是顶多只会擦擦鼻子。作为一个犹太人——因而是世界游民——海涅懂得人类共通的本性。

如果我们意识到了生活的存在，那生活就会变得不堪忍受。万幸的是，我们并未意识到生活的存在。我们像动物那样，无意识、无用、无意义地活着。如果说，我们预料到了死亡——动物可能预料不到死亡（尽管不能确定）——我们也是通过无数次分心、分散注意力的事物以及各种遗忘方式预料到死亡的，因此，很难说我们思考过死亡这件事。

这就是我们的生活方式，这不足以成为我们自认为比动物高级的理由。将我们和它们区分开的，是说话与写作纯粹的外在细节，是把我们的精力从具体智力中分散出来的一种抽象智力，还有就是，我们能够异想天开。不过，所有这一切都从属于我们的机体本质。说话与写作影响不了我们原本想要生活下去的欲求，它们不知道如何去影响，也不知道为什么要去影响。我们的抽象智力只用来详细阐述各种系统或接近系统的各种思想，而对动物而言，这种详细阐述则相当于躺在那里晒太阳。

此外,异想天开也可能并非是我们的特长;我曾经看过看着月亮的猫,很有可能它们也盼望着能够拥有月亮。

整个世界、整个生活,其实就是一个巨大的系统,这个系统由无意识的代理人组成,借助个体意识运作。正如当有电流通过两种气体时,它们会形成一种液体一样,当生活和世界通过两种意识——我们具体存在的意识和我们抽象存在的意识——的时候,它们也会形成一种高级的无意识。

不思考的人是快乐的,因为他借助机体的命运,就本能地实现了我们其他人必须要借助更为曲折、非机体或社会命运才能实现的目标。最像动物的人是快乐的,因为他无须努力就成了我们其他人只有努力苦干才能变成的样子;因为他认识回家的路,而我们其他人只能绕道虚构的小路,取道依稀记得的回家路线才能回家;因为他像是一棵树一样有根基,他构成了风景的一部分因而也就成了美的一部分,而我们却只是在舞台上走过场的传说,是徒劳无益的过客,是披着真实生活外衣的无意识。

动物的快乐

我不是很相信动物也会快乐这个说法,除非是有时候我想利用这个假说作为一个框架，来突出一种特别的感受。一个人要想快乐，就有必要知道自己是快乐的。我们从没有梦境的睡眠中获得的唯一快乐就是，当我们醒来时，意识到自己已经睡了一觉，并且没有做梦。快乐在快乐之外。

不知乐就没有快乐。但是，知乐会让人不快乐，因为知道你是快乐的就等于是意识到你正在体验着一个快乐的时刻，不久之后，这个时刻就要过去了。知晓就是抹杀，快乐如此，其他事物也是如此。反之，不去知道就是不想存在。

只有黑格尔的绝对理念才能做到同时分饰二角，但也仅限于写作中。在生活的各种感知与法则中，存在与不存在是不会混合、无法交融的，它们在一种反向合成原理的支配下相互排斥。

要做些什么呢？把相关的时刻像相关事物那样孤立出来，在当下这个我们感受到快乐的时刻就要快乐起来，除了我们现在所感受到的，别的什么都不要想，完全排除其他所有事物的干扰。留住我们感觉到的所有念头……这就是今天下午我所相信的理念。这不是我明天早晨将要相信的理念，因为明天早晨我就变成另外一个人了。明天我又会相信什么呢？我不知道。除非我已经生活在明天了，才会知道。

甚至就连那永恒的上帝——我今天还是相信上帝的——都无法知道（无论是在今天还是在明天）我的明天会是什么样的。因为今天的我还是这个我，而到了明天，我可能就会变成那个从未存在过的他了。

一直是个孩子

上帝之所以造我,是想让我成为一个孩子,他还希望我一直是个孩子。但是,为何他又让生活痛打我,抢走我的玩具,留下我一个人和自己玩耍,让我用虚弱无力的双手紧紧拽住我那件沾满泪迹的蓝色罩衫呢?如果我无法在没有得到细心照料的情况下活下去,那么,为何还要把这种照料和垃圾一起扔出去呢?啊,每当我看到一个孩子在街上哭泣,被独自抛弃在那里时,我那颗筋疲力尽的心都会在震惊下感到恐怖,这种恐怖甚至比那个孩子的悲痛更令我伤心。我情感生活的每一个毛孔都令我伤心,它们是拧着那孩子罩衫一角的我的那双手,是我那因为真情流露、痛哭流涕而变形了的嘴巴,我的虚弱无力,我的孤独寂寞……路过的成年人发出了笑声,所有这些笑声都像是火柴点燃后发出的火焰,这些火柴是摩擦了我心中那块敏感的布料后点燃的。

街头歌手

他用轻柔的嗓音唱着一首歌,一首来自遥远乡村的歌。这首歌的音乐让陌生的歌词变得熟悉起来了。这音乐听上去像是灵魂咏唱的法朵①,尽管它一点儿也不像是法朵。

通过它那含蓄的歌词和透着人情味的曲调,这首歌唱出了藏在我们所有人内心中却无人知道的那些事情。这位歌手就在街上以一种麻痹的状态唱着,就在那里以一种狂喜的状态唱着,他的目光明显注视着听众。

聚集起来听他唱歌的那群人,丝毫不带有能被觉察出来的嘲弄之意。这首歌属于每一个人,它的歌词有时候也是说给我们听的——这是某个已经消失的民族留下的来自东亚的秘密。我们未曾听过这座城市的喧嚣,哪怕我们听到了,也是充耳不闻;擦肩而过的马车离得太近了,其中一辆甚至蹭到了我的大衣。但是,我只是感受到马车开过去了,并没有听到马车开过的声音。这个陌生人的歌劲头十足,令人入迷,这股劲头会抚慰我们梦中所见或未能成功获得的事物。这位歌手的歌唱成了街上发生的一场意外,我们都注意到,那个警察正慢慢地拐过街角。他迈着始终如一的缓慢步伐走近,然后在一个卖伞男孩的身后静静地驻足了片刻,就好像那里有什么东西吸引了他的目光一样。那位歌手就在此时停止了歌唱,没有人吱声。之后,那个警察插手了此事。

---

① 葡萄牙的一种曲调悲伤的民歌,"法朵"一词也有"命运"之意。

独　处

出于某种原因，办公室里只剩下我独自一人。尽管我是突然之间意识到这一点的，但我其实早已迷迷糊糊地有所察觉了。在我意识的某个角落里，我已经感受到了一声如释重负的长叹，以及一股用另一对肺吸入的更深的气息。

这是一种最为奇怪的感觉，只有偶然相遇和恰好不在时才会产生这种感觉：我们发现自己独自身处在一个通常人满为患、人声鼎沸的地方，或是一个属于别人的地方。我们突然之间产生了一种完全自己做主、无须费力就能取得巨大支配权的感觉，同时——正如我说过的——还产生了一种放松与从容的感觉。

完全独处的感觉多棒啊！可以大声地与我们自己谈话，可以走来走去，不用担心被别人瞅着，可以靠在椅子上不受打扰地神游！每间屋子都成了一片开阔的旷野，每个房间都像农田那般宽敞。

平日里的那些声响都变得陌生了，就好比它们属于旁边的另一个独立存在着的宇宙。我们终究都会成为国王。这就是我们所有人都真心期盼的。我们当中最卑微的人，也许比那些浑身假金的人更加热切地想成为国王。在独处的这段时间里，我们就是宇宙的领养老金者，我们有着稳定的收入，我们无欲无求、无忧无虑。

啊，可是，从那正在爬楼梯的脚步声中我得知，有人正走过来，就要打扰到我这悠然自乐的独处时光了。我的隐秘帝国快要被野蛮人入侵了。

从这脚步声中，我听不出来是谁正走过来，它们不像是我认识的哪个人的脚步声。但是，直觉告诉我，这个现在还只能听见脚步声，正走上我突然之间瞥见（因为我刚刚在想是谁在爬楼梯）的楼梯的人，是冲着我来的。是的，这是我们公司的一位职员。他停下脚步，门被打开，他进来了。他整个人一下子映入我眼中。

他进来时说道："就你一个人吗，森霍尔·索尔斯？"

我回答道："是的，我一个人在这里有一会儿了……"

然后，他一边脱下夹克衫，一边瞅着他的另一件夹克衫——也就是挂着的那件更旧的夹克衫——说道："一个人待在这里真的很无聊，森霍尔·索尔斯，不光无聊，还……"

"是很无聊，毫无疑问。"我回答道。

"一个人待着总是犯困。"他说，同时已经把那件磨破了的夹克衫穿在了身上，走向他的办公桌。

"的确会犯困。"我笑着附和道。

于是，我又伸长胳膊，捡起已被我遗忘在一旁的笔，重新回到默默无闻却有益健康的平凡生活中去。

快乐的做梦者都是悲观主义者

我甚至不能因为骄傲而得到自我安慰。即便我的确有过一些可以夸夸其谈的经历，但是，我不得不引以为辱的事情，却要比前者多出多少啊！

我躺着度日，甚至在梦中也无法动弹，无法爬起来，我就是这样完完全全不能做丝毫的努力。那些创造出玄学体系的人和心理剖析者，仍然处在受苦受难的初级阶段。除了创立（思想），对观点加以系统化、对现象加以解释还能是什么呢？而除了达成的努力，所有这一切——安排布置、发号施令、组织构建——还能如何去完成呢？而这就是生活，这一论断多么令人吃惊啊！

不，我不是个悲观主义者。那些能把他们受苦受难的状态转化成一条普遍原则的人是快乐的。我不知道这个世界是悲伤的还是专横的，我也不关心这个问题，因为我对别人所受的苦难漠不关心。只要他们不哭泣不呻吟——这会令我厌烦和不快——我甚至都不会对他们的受苦受难耸耸肩，表示一下同情。我对他们的鄙视就是这么深。

我喜欢把生活看成是明暗参半的。我不是个悲观主义者。我对生活中的恐惧毫无怨言，我只抱怨自己生活中的恐惧。唯一令我担心的事实就是，尽管我存在着、受着苦难，但我却连自己从这种受苦受难感中解脱出来这样的梦都做不来。

那些快乐的做梦者都是悲观主义者。他们按照自己的喜好去塑造这个世界，因而总是感觉颇为自在。最令我痛苦的就是这个对比太过明显的现象：这个世界忙忙碌碌、如此欢快，而我自己却闷闷不乐、苦恼沉默。

在那些过日子的人看来，生活连同生活中所有的伤心、恐惧、起伏一道，想必是一件令人开心的好事情。过日子就像是一个人在有良伴陪同的情况下乘着一辆公共马车去旅行（而且，这个人能够享受这趟旅程）。

我其至也不能把我的受苦受难看成是一种了不起的迹象。我不知道这是否是了不起的迹象。但是，一些非常微不足道的事物会令我受苦受难，一些无比枯燥乏味的事物会令我受到打击。而这个假设（把受苦受难看成是了不起的迹象）——如果我敢于这样假设的话——则是对我可能是个天才这一假设的侮辱。

美丽的落日很是壮观，它的美丽也会令我悲伤。我在盯着落日看时总是会想：一个快乐的人看到这幅场景时，想必会有多么兴奋啊！而这本书就是由哀诗组成的，一旦杀青，它就会取代《孤独》[①]，成为葡萄牙最为哀伤的书。与我的痛苦相比，所有其他的痛苦都似乎是不真实或不重要的。这些痛苦属于那些快乐的人，或是那些一边过日子一边抱怨着的人。我的痛苦属于另一种人：这种人发现自己被监禁了，与生活隔绝了……

在我和生活之间……于是，我便看到了所有会引发痛苦的事物，同时却感受不到任何会带来快乐的事物。

而且我还注意到，受苦受难更多的是看到而非感受到的，快乐则更多的是感受到而非看到的。因为，要是一个人不去看也不思考的话，他就会得到一定程度的满足，就像神秘主义者、波希米亚人[②]和普通人那样。受苦受难是从思想之门和观察之窗进入一个人的心房之中的。

[①] 一部备受推崇的饱含悔意的诗集，原名为《只是》（*Só*），作者是安东尼奥·诺布尔（António Nobre，1867—1900年）。另：诺布尔是来自波尔图（葡萄牙第二大城市）的葡萄牙诗人。——译者注
[②] 波希米亚王国（今捷克境内）的人，性格豪放，不拘一格。

内心展开对话

有时候，在想象力驰骋的情感细腻的下午，我的内心会开展对话；有时候，在黄昏时分，我在想象出来的客厅里开展着令人厌烦的对话。在这样的谈论间歇，我可能会发现，自己是独自在与一个比其他人更像我的对话者说话。我开始寻思，为何在我们这个科学昌明的时代，探求的欲望没有扩展到人造的无机事物方面。在我无比慵懒地思考着的几个问题当中，其中一个便是，为何我们不在常见的人类及非人类生物的心理学之外，另外发展出一门适用于人造物以及只存在于地毯和画里的那种生物的心理学（因为它们无疑也是有心理活动的）。倘若只把现实世界局限于有机体的王国里，而不把雕像和针线织物之人物对象的内心思想置于现实世界中，那这个现实世界的景象也未免显得悲凉了。有形象处便（应当）有灵魂。

我这些私下里的细究，并不是无聊之时的打发时间之举，而是具备科学色彩的苦思冥想，与其他的科学思考没什么区别。于是，在思考出答案之前——甚至在还不知道我是否能想出答案之前，我就当作已经有了答案那样，在想有了答案后可能会发生什么情况了。经过分析和全神贯注的苦思后，我设想出了这一需求实现了之后可能会出现的种种结果。一旦我开始以这种方式思考，脑海中就会立刻浮现出科学家的身影，他们俯身细看一些实物，他们知道，这些实物会成为（被证明是）真正的生命：从地毯中会走出细细察看经纬线的显微镜专家；从地毯边缘处宽大的旋涡状花纹中会走出物理学家；从对图画中形状与颜色背后的考虑中会走出化学家；从分开的一层层浮雕珠宝饰物中会走出地质学家。

最后（也是最重要的）还有心理学家，他们——一个接一个地——记录并归类以下这些对象：一尊雕像势必会感受到的各种感觉，一幅绘画或一扇彩色玻璃窗上的人物那模糊心灵中闪过的各种念头，还有那些以死亡和不朽——无论是浅浮雕中那些永恒的姿势，还是彩绘人物身上那些不朽的意识——标识的宇宙中可见的狂野的冲动、奔放的激情、偶尔出现的厌恶与同情，以及……

相比较其他艺术，文学与音乐是经常能见证心理学家洞察力的两大领域。正如我们都知道的那样，小说中的人物与我们当中的任何一个人都同样真实。声音的某些方面具备机敏的、长有翅膀的灵魂，但是，它们仍然有可能受到心理学和社会学的影响。让一切的无知都开窍吧：颜色、声音和句子中存在着真正的社会，这些社会甚至是作为政体与革命、统治、政治，真正而非象征性地存在于交响乐团各乐器的合奏中，存在于小说各结构组成的整体中，存在于复杂图画的方格之间——在这些图画中，战士、爱人或象征性人物显得多姿多彩。他们既享受又遭罪地混在一处。当我的一只日本茶杯摔坏时，我想，这背后真正的原因并非女佣不够细心、笨手笨脚，而是她握住这凹凸不平的瓷器的手指感到了焦虑。茶杯一心寻死，这并未令我感到震惊——它借女佣之手自杀，就像是我们当中有人可能会用手枪自杀。要想弄懂这一点（而我偏偏就非常清楚地明白这一点），就需要到现代科学之外去寻找答案。

讨厌读书

我讨厌读书。一想到那些不熟悉的书页，我就厌烦。我只能去读那些我已经看过的书。我的枕边书是菲戈伊雷多神父的《修辞》，每天夜里我都要读它，哪怕读上一千遍，我用神职人员使用的正确的葡萄牙语读它对不同讲话人物的描写，我至今仍然不知道这些人的名字。但是，这种语言让我犯困，我会在有意漏掉带有c的耶稣会专用单词时，抽空打盹。

不过，我倒是必须承认，菲戈伊雷多神父此书的那种夸张的纯正风格还是影响到了我。在这种影响下，我才会相对比较用心地——尽我所能地——正确运用那种能表达自己的语言写作。

我读到的是这句：

（摘自菲戈伊雷多神父）

——浮夸、空虚与冷漠，

这句话有助于让我忘记生活。

或是这句话：

（摘自讲话人物）

（这句话又回到了前言）

我的语句没有丝毫的夸张：我感受到了这一切。

别人读《圣经》里的章节，我则读这本《修辞》里的章节。但我有两大优势：完全平静，无须投入。

琐　事

　　我作为一个人存在着，是那样的肮脏与邪恶，有些东西就像是一粒尘埃，在这样的肮脏与邪恶下面标了下划线——一条极丑的、墨迹斑斑的下划线。这些就是那些组成生活的琐碎之事，就是这些稀松平常的俗套之事：放在眼前的那本打开着的账簿，这双眼睛梦见过无数个东方；办公室经理开的那个无伤大雅的玩笑，这玩笑却冒犯了整个宇宙；刚好在我细细品味一种既美妙又耗费脑力的理论中最不具备性别色彩的部分时，森霍尔·瓦斯克斯的女朋友某某小姐却打来电话问我，"能否麻烦你让森霍尔·瓦斯克斯给我回个电话"。

　　此外，还有我的朋友们，一些很好的伙伴，真的很好的伙伴，和他们待在一起聊天、一起吃午饭、一起吃晚饭，真是棒极了。但所有这一切——我都不知道——都是如此肮脏邋遢、拙劣糟糕、不值一提。因为即便是在街上，我们仍然摆脱不了那间纺织品仓库，就算出国了，我们也会仍然坐在那本现金账簿前，甚至在无限的时空中，我们也仍然会有自己的老板。

　　人人都有一个会开不恰当玩笑的办公室经理，人人都有一副落在普通宇宙之外的灵魂，人人都有一个老板还有那老板的女朋友，以及那个不可避免会在最糟糕的时刻打来的电话；此时，夜幕正以奇异的方式降临，女友们纷纷礼貌地致歉或是给她们的爱人留下口信——我们都知道，她们的爱人此时已经离开，赶赴一场奢华的下午茶会了。所有的做梦者——即便他们没在里斯本闹市区的一间办公室里，正埋头认真做着一间纺织品仓库的账目时做的梦——都在自己面前摆着一本现金账簿。

他们要处理的这本账簿，可能是他们娶回家的女人，也可能是他们继承下来的对未来的管理权，还可能是积极存在着的任何事物（如果有的话）。

所有我们这些做梦和思考的人都在一间纺织品仓库里当助理记账员，要么就是在这座城市或别的城市闹市区的某个其他行当里当助理记账员。我们输入数额后再减去它们；我们将总额累计后再一笔勾销；我们合上账簿后，那些看不见的账户余额便总是与我们作对。

我写下的那些词语令我微笑，可我的心却做好了破碎的准备——像那些破裂成碎块、碎片、残渣的东西一样破碎，然后被扔进垃圾箱，再被某人扛在肩头，送上每个市政厅都有的那辆永恒的垃圾车。之后，万物便都在等待着。它们都打扮穿戴好了，满怀希望地在等待着，等待着那位将会到来并且已经在风尘仆仆地赶来的国王，等待着被他一路走来扬起的那些灰尘，在慢慢显露出来的东方升腾为一场新的薄雾。而在远处，那些长矛已然兀自在晨光中闪闪发光。

想象的旅行

夜幕正在降临，一种亲切友好的氛围正在形成中。此时此刻，在慢慢升起的星星的面前，我从四楼房间的窗口俯瞰下去，看着那无限的时空。我的那些梦——和那远处的可见之物保持着一致的节奏——统统开启旅程。它们通往那些未知的、想象出来的，或是根本就不可能存在的国度。

光与影

每天，这世上都会发生一些我们所知的任何道理都解释不通的事情。每天，这些事情都会被提起又被忘记，带来它们的那种神秘力量又会把它们带走，同时令它们的秘密消失。这也是一种法则，按照这种法则，无法解释的事情必须要被遗忘。这可见的世界在光天化日下照常运转，其他一切则在阴暗处看着我们。

女人是梦境之源

我的梦：我在梦里造出了一些朋友，之后我便始终陪伴着他们。他们身上有一种另类的不完美。保持纯洁，这样做图的不是要变得高贵或强大，而是为了做回你自己。奉献你的爱就等于失去爱。从生活中退出，这样一来，你就不会从自己心中退出了。女人是不错的梦境之源，但千万不要去触碰她们。要学会将各种舒适的理念与愉悦区分开来。要学会从万物身上获取乐趣，不是因为它们本身有趣，而是因为它们激发出来的那些理念与梦有趣。（因为没有什么事物是它本来的样子，唯独梦一直是梦。）为了学会这些，你必须什么都不能触碰。只要你一触碰那些东西，你的梦境就将化为泡影；被触碰的事物，将取代你的感受能力。

视觉与听觉是生活中仅有的两件高贵之事，其他知觉都是低贱庸俗、带有肉欲的。唯一的高贵行为就是永远不去触碰。避免接近——这是真正可贵的品格。

下雨天

终于，在黑得发亮的屋顶上，清冷的晨光如末日来临般照亮了天际。又一个愈发消失的漫漫长夜过去了，又能见到这些常见的骇人之物了：白天、生活、虚构出来的目标、逃脱不了的活动。我又恢复了自己属于生理特征的可见的社交个性，用毫无意义的话语与人沟通，被别人的行动与意识利用。我又成了我，正如我不是我一样。随着这晨光用苍白的疑虑填满了百叶窗上遍布着的缝隙（啊，这窗户远非不透气的），我开始意识到，我不能再这样逃避下去了：我不能再赖床了，不能再可以睡着却不入睡了，不能再在记不得真相与现实的情况下做梦了，不能再舒适地委身于略带凉意的温暖而干净的床单中，而不顾我的身体其实是存在于这种舒适感之外了；我意识到，我正失去那种我一直以来赖以领略自身意识的快乐的无意识状态，正失去那种动物般的昏昏欲睡的状态——在这种昏昏欲睡中，我仿佛通过晒太阳的猫那慢慢眨动的眼皮，观察到了我凭借着自由的想象描述过的种种活动。我还意识到，黑暗主宰的时代正在过去，随着黑暗褪去的，还有从我那忽闪忽闪的眼睫毛下瞥见的弯着腰的树下慢慢流过的河流，而瀑布的潺潺声，也在轻轻从我耳中流过的血流声以及轻微且持久的雨声中消失了。我正在为了找到活着的感觉而迷失自我。

我不知道我是睡着了，还是只是觉得自己好像睡着了。确切地说，我并不是在做梦，而是似乎要从一场无法入睡的沉睡中惊醒过来，因为我听到了这座城市活动起来的各种声音，它们如同洪水，从下面的不知什么地方涨了上来，上帝令那里的街道横七竖八。这些声音是欢快的，它们穿透了还在下着的雨中的伤感——这雨也许已经停下了，因为我再也听不到雨声了。我只意识到，在清晰的阴影中，这雨令正透过百叶窗缝隙照进来的光显得过分苍白，在早晨的这个时候——不管是具体几点——这些阴暗显得太过暗淡了。这些声音中透着快乐，四散开来，听上去令我感到心痛，就好像是在召唤着我进考场或上刑场。如果说，每当新的一天来到时，我都在自己那愉快的无意识的床上听到了破晓的声音，那么，这新的一天就似乎是我生命中的一个要发生大事件的大日子，我可能都无法鼓起勇气去面对它。如果说，每当新的一天来到时，我都感觉它从它那阴影做成的床上爬了起来，正如亚麻布落在街巷上一样。那么，这新的一天就是在传唤我上法庭。新的一天来到时，就是我即将受审时。我内心那个一再被判刑的人，死赖在床上不想起身，就好比要失去妈妈了，我抚摸着枕头不撒手，就好比拉着保姆的手不放，这样就不怕被别人拽走了。

树木轮廓形成的庞然巨兽陷入了幸福的酣睡中，卧在高草之上的流浪汉沉浸在温暖的倦意中，那个黑人在一个很久之前的暖洋洋的午后慵懒度日，疲惫的双眼在哈欠连天之下产生一股快感——所有这些都有助于我们遗忘，所有这些都有助于哄我们入睡——还有那轻轻关上我们内心中那扇百叶窗的平和的思绪，沉睡那莫名的爱抚……

去睡、去远离、去尚未了解就疏远，以一个人自己的身体去遗忘，去享有无意识带来的那份自由，就像遗忘之湖岸边的一个逃难者，藏在密林深处的一片郁郁葱葱的树叶丛中，流连不前……

一种有呼吸的虚无状态，一回我们从中满血复活并念念不忘的假死，一次按摩放松了我们灵魂组织，使我们深深遗忘一些事情……

我又一次像一个仍然没有信服、又一起发起抗议的人那样，听到了突然溅落在这天光大亮的世界上的滂沱雨声。我在自己想象出的骨头中感到了一丝寒意，像是被吓到了一样。我蜷缩在自己的卑微中，在正离我而去、仅存最后一隅的黑暗中，无比平凡、孤单的我开始哭泣。我哭了，是的，我为孤单和人生哭了。我那无用的忧伤，就像是现实边缘的一辆无轮马车，被丢在了遗忘的粪堆中。我为一切事物哭泣——我曾枕过的膝头不见了，向我伸出的那只手消失了，我从未发现的那双怀抱着我的手臂，我从未拥有过的那只可以依靠的肩膀。而这毅然破晓而出的白天，如白天背后赤裸裸的真相般在我内心炸裂开来的悲痛，所有我梦到、思考、遗忘的对象——所有这一切就像是一大团阴影、幻想与遗憾，混入了正在逝去的诸世界的觉醒中，落入了生活中遇到的各类事物中，就像是一串只剩下枝丫的葡萄，被小男孩们偷偷拿走，在街角处吃掉了。

属于人类的白天突然愈加喧闹了起来，就像是正在发出召集信号的号声。我在屋里听到今天门闩被头一回打开的轻轻咔嗒声，有人出去讨生活了。

从一条荒谬的通往我内心的走廊上，传来了拖鞋拖在地上的声音。我用一个鲁莽的动作——就像是一个终于自杀成功的人那样——掀掉了遮盖我那僵硬身体的温暖舒适的被单。我已经醒来了。雨声远去，渐行渐远，消失在门外的不知何处。我感觉好一些了。我已经做成了某种事情。我起身走到窗前，鼓起勇气果断地拉起了百叶窗。漫天清冽的雨水闪着微光涌入了我的眼帘。我打开了窗，凉爽的空气随之而入，润湿了我温热的皮肤。还在下雨，没错，但是，即便这仍然是我一直在聆听着的那场雨，终究还是小多了！我想要活力焕发，想活着。我把我的脖子伸了出去，交给了生活，就像是套进了一根巨大的轭中。

夜的剪影

入夜了，蓝色的天空在青光的照耀下暗淡了下去。在这样的背景下，夏日地平线上那些高矮不一的冷冰冰的建筑，形成了一道道棕黑色的锯齿状轮廓，外面围着一圈模糊的发黄的灰色晕轮。

我们已经在另一个时代里掌管了生理的海洋，并由此缔造出了宇宙文明。现在，我们将接管心理的海洋、情感、人类的母性，并由此缔造出智慧文明。

去教堂

……有时候，我的感受太过强烈，令人痛苦，即便都是快乐的感受；有时候，我的感受太过强烈，令我无比快乐，即便都是悲伤的感受。在一个周日的早晨，我正在写作，天提早很久就亮了。这是一个满是柔和天光的日子，在受到了打扰的这座城市的屋顶上空，总是焕然一新的天空中的那抹蓝色将那些神出鬼没的星星关进了被人遗忘的空间里。

在我的内心里，今天也是周日……

我的心也快要去教堂了，这座教堂坐落在一个它并不知道的地方。我的心穿着一件丝绒童装，在那过大的衣领之上，它那张初次见人就会变成玫瑰色的脸上绽放出微笑，人们从这笑容中看不到悲伤的眼睛。

共　享

　　夜深人静，独守空房时，一团不知名的灯火在一扇窗后燃得正旺。这城市当中，但凡我目力所及的其他地方都是一片黑暗，只是在有些地方，街上路灯发出的朦胧灯光慵懒地反射出去，从而搅碎了反向射来的苍白月光，把月光弄得这里一股、那里一束。在这夜幕的黑色笼罩下，颜色各异、明暗不一的建筑也难以区分了；唯有模糊且似乎抽象的差异，才能打破这挤作一团的千篇一律。

　　一条看不见的线把我与那盏灯未知的主人连了起来。这条线不是我俩都醒着这一事实；这种情况下，我俩并不处于对等的状态，因为我窗后的屋内一片黑暗，因此他看不到我。这条线指的是其他事物，是某些完全属于我自身的事物，它与我的孤独感有关。这条线潜入了夜色中，没入了无声中，它看上了那盏灯，把自己牢牢地拴在上面，因为这是它唯一可以牢牢拴上的物体。似乎是因为这盏灯在不停地闪烁，夜才如此黑暗；似乎是因为我醒着，并在黑暗中做梦，这盏灯才会亮着。

也许，每一件事物之所以存在着，是因为有别的事物存在着。没有事物是自生自灭的，万物都是共生共存的——也许，这就是事物的真相。如果那盏灯不在远方的某处闪耀着，不在一个貌似占据了高处有利地形的无用的灯塔里亮着，我可能都会觉得自己即将不复存在了——至少不会以我目前存在的这种方式，带着当下对自己的这种意识存在下去了；而我当下对自己的这种意识，由于是有意识的并且是当下的产物，因而在这一刻便完全等同于我。

我之所以会产生这种感觉，是因为我没有任何感觉。我之所以会想到这一点，是因为这一点等同于虚无。虚无、虚无，夜以及寂静，还有我和他们所共享的空虚、消极、隔阂的一部分，我和我自己之间的鸿沟，被某位神或其他什么遗忘了的某些事物……

囚徒的消遣

万物都已变得不堪忍受了，除非是为了生活才能忍受下去。办公室、我的家、那条街——甚至它们的对立物，如果那些是属于我的话——都压倒了我，都在压迫着我。只有它们合在一起我才放心。是的，合起来的整体中的任何事物都足以令我宽慰：永远照进那间死气沉沉的办公室的一束阳光、轻快地飘进我房间窗户的小贩的叫卖声、众人的存在、气候有不同、天气有变化这一事实，这个世界那令人震惊的客观性……

那束阳光突然之间为我照进了这间办公室，我在突然之间看到了它……这其实是一股非常刺眼、几乎无色的光。它斜射在暗色的木头地板上，扫过的那些旧钉子都焕发出了活力，木板之间的那些缝隙、那些非白色物体之上的黑线，也连带着一起恢复了生机。

连着好几分钟，我都在研究阳光射入这间安静的办公室时所产生的那种无法觉察到的影响……囚徒的消遣！只有被监禁之人才能这样看着阳光移动，就像是一个观察着一队蚂蚁（走动）的人。

过另一种生活

有些内心的煎熬非常难以察觉，而且遍布全身，我们甚至都分不清它们究竟属于肉体还是属于灵魂；抑或它们是一种焦虑，而引发这种焦虑的，可能是我们觉得活着是白费功夫，这种想法也可能是某些类似体内深渊的器官——比如胃、肝、脑——出现了不适的症状。不知道有多少次，我正常的自我意识屡屡被痛苦产生的迟钝搅起来的残渣弄得污浊不堪啊！不知道有多少次，我想生存下去的念头频频遭到打击，并且让我产生了一种难以形容的恶心感，我不确定这是一种单调乏味的感觉，还是对我快要呕吐的警告！不知道有多少次……

今天，我的灵魂令我的肉体感到了悲伤。我身心都难受：记忆、眼睛和手臂都不好过。就好比现在的我从里到外没有一处没得风湿病。尽管我存在着，却感受不到白天的清澈透亮和纯正的蓝色天空，却领略不了四散开来的光线那不会消退的高潮。这让空气有了个性的、轻柔的凉风——虽是秋天的风，却还是残留着夏天的味道——也没有给我带来安慰。没有事物触及我。我感到悲伤，却说不出来是哪一种具体的悲伤，甚至也不能确定这是一种不具体的悲伤。我悲伤地立在包装箱被随处乱扔的街头。

种种这些表达并没有如实地诠释出我的感受，因为可以肯定的是，没有什么能够如实地诠释出一个人的感受。但是，我至少尝试着表达了我感受到的些许印象。我所表达的是对我、对这条街的几种不同看法杂糅后的观点，以某种我无法弄懂的深奥视角来看，这条街也是我的一部分，因为我看到它了。

我想在遥远的国度过另一种生活。我想像别人一样，在陌生的国旗下死去。我想在别的年代被誉为皇帝，那些年代胜过今日，因为它们不是今日，我们都觉得这些年代朦胧、多彩、令人费解、新奇独特。我想要拥有一切能令当下的我变得荒谬可笑的事物，恰恰是因为它们会令当下的我变得荒谬可笑。我想，我想……但是，一直存在着的太阳就是那个闪耀着的太阳；一直存在着的夜就是那个降临了的夜；一直存在着的烦恼就是那打扰我们的烦恼；一直存在着的梦就是那些麻痹我们的梦；一直存在着的事物就是现存的这些事物，而永远不会是那些不是为了变得更好或更坏，而是为了有所变化而应该要存在的事物；一直存在着的……

装货工人正在清理街上的包装箱。在打趣谈笑声中，他们把这些箱子一个个地搬到了车上。我从办公室的窗口俯视着他们，困顿的双眼眼皮都在打架。某种难以理解的微妙事物把我的感觉与正在装运的货物联系了起来；某种奇怪的感觉将一只箱子从我的乏味、焦虑、恶心中剥离了出来，这只箱子正被一个大声开着玩笑的人扛在肩上，他要把它搬到一辆并没有停在那里的车上。而在这条狭窄的街上，始终宁静的日光斜射在他们正在搬运箱子上货的这一块地方——没有照在堆放在阴凉处的箱子上面，而是照到了远处的街角。装货伙计们正在那里无所事事，不知道要干什么。

雨过天晴

此时，某种更加凶险、像是黑色希望的预兆徘徊在空中，甚至连雨似乎都被这个凶兆吓到了，一片（压抑得）令人说不出话来的黑暗从空中降临了下来。突然之间，就像是发出了一阵尖叫，让人可怕的一天粉碎了。来自冰冷地狱的光，把一切事物的内部都扫荡了一遍，射入了头脑与缝隙中。万物都在恐惧中睁大了眼睛，之后便如释重负地长出了一口气，因为这来自地狱的雷霆一击终于过去了。这悲戚的雨声几近人声，听上去倒是快乐的，心脏不由得怦怦乱跳了起来，而思考则令人发昏。办公室里冒出了一股模糊的宗教气息。每个人都有点儿六神无主，森霍尔·瓦斯克斯出现在他的办公室门口，说他不是很清楚刚才发生了什么。莫雷拉笑了，他的脸色仍然发黄，明显还没有从刚才的突然一惊中恢复过来，而他的笑容则无疑是在说，下一次电闪雷击将发生在远处。一辆疾驰而过的马车发出巨大的声响，盖过了街上通常传来的各种声音。电话不受控制地抖了起来。瓦斯克斯没有退回自己的办公室，而是向前几步，走向公共办公室里的这台电话。突然寂静无声了一阵子，然后，雨像梦魇般倾泻了下来。瓦斯克斯忘记了去接电话，电话铃早已不响了。办公室后面的那个伙计坐立不安，就像是个烦人的物体。

一股巨大的快感——满是解脱，令人心神安宁——令我们所有人都感到惊讶。我们都有点儿头昏地回去继续工作，心中油然生出了相互亲近、彼此看上去顺眼的感觉。那个办公室伙计自作主张地大大敞开了窗户。

某种新鲜的香气随着潮湿的空气飘进了办公室。现在，雨势小了，雨点悄无声息地飘落着。街上传来的还是之前的那些声音，现在听上去却有些异样。我们能听到车夫的声音，他们可是真正的人啊。一个街区外传来了电车那清脆的铃声，这声音融入了我们这个社交集体。耳边传来了一个孤零零的孩童的笑声，犹如清澈空气中金丝雀的叫声。细雨渐渐停住了。

六点了，办公室要关门了，从私人办公室那半开着的门背后，传来了森霍尔·瓦斯克斯的声音："你们现在都可以走了。"他就像在商场上祈福一样说出了这句话。我随即站起身来，合上账簿并把它收好。我以夸张的姿势把笔放回墨水架上，走向莫雷拉，同时满怀希望地说了句"明天见"，然后和他握了手，好像他帮过我一个大忙一样。

活着即可旅行

旅行？一个人只要还活着即可旅行。我过完一日再过一日，就好比乘坐着我的身体或命运列车从一站前往下一站，时而探出身子看看街道与广场，看看人们的面孔和姿态。它们总是一成不变又一直不太一样，就像沿途的风景。

如果我会想象风景，就能看到它们了。我在旅行时还能干点儿别的吗？只有想象力特别贫乏的人，才不得不通过旅行去感受。

"随便哪条路，哪怕是这条不起眼的恩图普富尔之路，都能把你带往世界的尽头。"[1]可是，这世界的尽头，当我们绕着它转上整整一圈后就会发现，其实就是我们的出发地——恩图普富尔。世界的尽头与世界的开端一样，其实就是我们对世界的理解。风景之所以是风景，那是因为我们的心中装着它。倘若我畅想风景，我便创造了它；倘若我创造了风景，它便存在着；倘若风景存在着，那我就会看到它，就像看到别的风景一样。因此，何必旅行呢？不管我身处何方——是在马德里、柏林、波斯、中国，还是在北极或南极——还不都是在自己的心中，在只属于我的独特感受中吗？

---

[1] 引自托马斯·卡莱尔（Thomas Carlyle），可与英译本的第138篇（此选译本没有收录）比较一下。另：卡莱尔（1795—1881年）是来自苏格兰的英国哲学家、评论家、哲学家、作家、历史学家与教师。"恩图普富尔"是卡莱尔在《重新缝好的裁缝：特乌费尔斯德罗克先生的生平与观点》（Sartor Resartus: The Life and Opinions of Herr Teufelsdröckh）一书（该书目前尚无中文版，也有研究者译为《拼凑的裁缝》）中虚构的一个地点。——译者注

人生就是我们捏造想象出来的样子。旅行就是旅行者。我们所见并非我们所见，而是我们所是。

守护精灵

我所知道的唯一一个用灵魂旅行的真正的旅行者，是我曾经供职过的另一家公司的办公室伙计。这个小伙子收集了推广各个城市、国家和长途运输公司的宣传手册。他还拥有一些地图，其中有的是他从杂志上撕下来的，还有的是他从这里或那里要来的；他还搞到了一些风景插图、异国服饰的照片以及一些船只的图片——这些都是他从报纸杂志上剪下来的。他会以某些虚构机构的名义，或是以某些真实机构的名义，甚至会以他上班的那家公司的名义前往旅行社。他还会索要意大利之行的宣传手册、印度之旅的宣传手册、列有葡萄牙与澳大利亚之间远洋航班信息的宣传手册。

他不仅是我所认识的最了不起的——因为他最地道、最正宗——旅行者，而且也是我有幸遇到的最快乐的人之一。令我感到遗憾的是，我不知道他现在怎么样了，或者不如说，我假装我应该为此感到遗憾；其实我并不会为此感到遗憾，因为时至今日——距离我认识他的那段短暂的时期已经过去了十年甚至更久——他想必已经长大了，成了一个尽心尽责的傻瓜；也许他已经结婚了，成了一个养家糊口的人——也就是说，沦为了一个虽生犹死的人。也许，他这样一个曾经用灵魂漂漂亮亮地旅行过的人，甚至已经用身体旅行过了。

我刚刚想起来了：他知道巴黎至布加勒斯特①那趟列车的精准路线，他还知道英国所有的列车路线；当他念错陌生的地名时，我能看到他的灵魂愈发确凿无疑地显得了不起了。

是的，今天他可能像个死人一般活着，但是也许有一天——当他年老时——他会记得，相比较真正去过波尔多②，梦见波尔多不仅更加美好，也更加真实。

然后，同样会发生的是，所有这一切都可以用别的理由加以诠释：他可能只是一直在模仿某人。或者……是的，我有时候会想，考虑到儿童是那样聪明，相比之下，成人居然是那样的愚笨；因此，童年时，想必都是有一个充当护卫的精灵守护在我们周围的。他会把自己灵性中的那份聪明才智借给我们使用；之后，迫于一个更高的法则，他可能带着遗憾抛弃了我们——就像母兽在把幼兽喂养大之后所做的那样——把我们像养肥了的猪那样扔给了我们的命运。

① 罗马尼亚的首都。
② 法国西南部城市，以盛产葡萄酒闻名。

时光的微笑

从这间小餐馆的阳台上，我用颤动的双眼打量着生活。我只看到了包罗万象的生活的冰山一角，这一小部分生活聚集在这个广场上，是完全属于我的。我有点儿眩晕，就像是微醉的感觉，我在这种感觉中窥见了事物的灵魂。在我身外，可见的千篇一律的日子在路过的行人那清晰且分明的脚步声中溜过，在这些人全副情感正常的迸发中流过。在这一刻，我的感觉已经完全沦为了时而清醒、时而糊涂的错觉，我的意识已经停滞了，每一件事物似乎都变成了别的事物。我把自己想象成一只秃鹫，一动不动地展开了双翼。

我是个活在理想中的人，也许，我最大的抱负充其量就真的只是一直坐在这家小餐馆的这张桌子旁。所有的一切都是竹篮打水一场空，就像是搅动起来的死灰，就像是黎明前的那一刻那么模糊朦胧。

晨光如此完美、如此宁静地照着各种事物，给它们镀上了现实伤感的微笑！整个世界的神秘感都褪去了，直到我看到这种神秘感又化身为平庸与街道。

啊，那些被深藏在我们心中的普通事物吞噬着的谜团啊！可以想象一下，就在这里，在我们纷繁芜杂的人类生活中冲着阳光的表面，神秘的双唇微启，正露出若有若无的时间的微笑！这一切听上去多么具有现代气息啊！而除了我们看到的在我们周围闪耀着的这层意思，别的意思又显得多么古老、多么隐晦、多么充实啊！

看报纸

从美学的角度来看,看报纸这件事总是令人不快的,若是从道德的角度来看,看报纸也往往会令人不快,甚至对那些不太担心道德会沦丧的人而言也是如此。

读到战争与革命造成的影响时——新闻里总会有这样或那样一类事情——我们不会觉得恐怖,只会觉得乏味。真正会打扰到我们灵魂的,不是所有的死伤者残酷的命运,不是所有那些在行动中死去或是没有看到行动就死去的人所做出的牺牲,而是这样一种愚蠢——为着某项注定会竹篮打水一场空的事业白白牺牲了生命与财产。所有的理想与全部的抱负都是那些唠唠叨叨、女扮男装的婆娘们的一次情绪爆发。

没有哪个帝国能够成为毁掉一个孩子的洋娃娃的理由,没有任何理想值得牺牲一辆玩具火车。什么样的帝国才有用呢?或者说,什么样的理想才是有利可图的呢?这完全关乎人性,而人性总是一样的——变化多端但难以改善,时常停顿但难以进步。相对于一切事物那毫不让步的前行,相对于我们那不知道为何会赐予我们、不知道什么时候又会失去的生命,相对于构成我们共同及相左生活的那一万盘棋局,相对于我们在展开那种永远都不会想出结果的无用的沉思时感受到的冗长乏味……相对于所有这些,除了要求隐退,要求为不得不去思考生活(因为体验生活已经够令人烦恼的了)而得到谅解,要求能拥有一点儿阳光和新鲜空气,最起码还要有那个梦——即山的另一边自有安宁,聪明人还能干点儿什么呢?

我是自己的虚构

  距离我上次写东西已经过去了多久啊!过去的数天里,我感觉自己仿佛经历了几个世纪。我久久地举棋不定,最后还是宣布放弃了。我不再动脑了,就像那些并不存在的风景中的一汪被人遗弃的水塘。

  与此同时,我也经历了每天都有的那种会变化的单调,体验了从来不重样的一小时又一小时的前后相继,还体会了生活。每件事情一直都是进展顺利的。倘若我一直都在睡觉的话,结局也不会有所不同。我不再动脑了,就像被人遗弃的风景中的一汪并不存在的水塘。

  我常常会不理解自己,在那些理解自己的人身上,这是经常发生的事情。我披着各种让我活着的装扮看着自己。在所有变化的事物中,我只占有那些变了等于没变的;在所有做成的事情中,我只占有那些做了等于没做的。

  在我的内心深处——就好比我在那里旅行似的——我记得那个国度里的那间老房子透露出来的那份单调,这份单调迥异于我现在感受到的这种单调……我在那间屋子里度过了童年时代,但我说不准(如果我曾经想说的话)那时候的日子比起今天我过的日子来,是更加快乐还是更加伤心。生活在彼时的我是另外一个自我。那时的生活和现在的这种生活是不一样的、有差别的、不可比较的。从外部将它们联系起来的那两种看似一样的单调，从内部看上去无疑是不同的。它们不只是两种单调，而是两种生活。

既然如此，为何我还要劳心费力地去回忆呢？因为我觉得厌烦。回忆是一种休息，因为回忆意味着不去做事。有时候，为了能休息得更加充分，我甚至会去回忆从未发生过的事情。

此时，无论就强烈程度还是怀旧程度而言，我对自己真正居住过的那片乡野的记忆，都开始变得不能与这样的记忆相提并论了：我记得自己从前曾在我从未居住过的那些巨大房间——它们的地上都铺着嘎吱作响的地板——里居住过。

我已经彻头彻尾地变成了我自己虚构出来的那个人物，无论我可能会流露出什么样的自然感觉，这种感觉一旦产生，就会立刻沦为想象出来的感觉。回忆会变成梦，梦会沦为我的遗忘——忘记自己梦见过什么，理解自己会转换成不去琢磨自己。

我已经把自己差不多脱了个精光，生存对我而言就只剩下了穿衣。只有在装扮起来时，我才是我自己。我周围的一切都在渐渐消失，未知的落日给我永远不会见到的那些风景镀上了它们的余晖。

灵魂现状

现代事物包括：

（1）镜子的演变；

（2）衣橱。

我们的身体和灵魂都会演变成穿着衣服的生物。由于灵魂总是要与身体保持一致，它便也发明出了一种无形的衣服。我们进化了，具备了大体穿上衣服的灵魂，这与我们——作为肉体的人类——进化成穿了衣服的动物的过程如出一辙。

关键之处不只是说，我们的这件衣服成了我们不可分割的一部分；关键问题在于，这件衣服颇为考究精致，并且令人好奇的是，并不存在任何真正的关联性证据，能够说明它是否具备一些特征，从而令我们身体与灵魂的运动显出自然的优雅。

倘若有人要求我谈论一下我灵魂现状背后的社会原因，我将一言不发地指向一面镜子、一件衣架、一支笔。

思想的行者

仲春的一个早晨，下起了薄雾，繁华的城区昏昏沉沉地醒来了，太阳也升起来了，看上去懒洋洋的。微冷的空气中飘浮着一丝冷静的愉悦气息，一股若有若无的微风轻柔地吹着，人们因不再料峭的春寒而有些发抖——不是乍暖还寒的那一点儿寒意让人发抖，而是因为仍然记得（冬天的）寒冷让人发抖；不是今天的天气冷得令人发抖，而是与日益临近的夏天相比，今天的春寒令人发抖。

除了小餐馆和供应牛奶的早餐店，其他的店铺都还没有开门。街上一片寂静，但这种寂静不同于周日里的那种懒散——而只是寂静。一抹淡淡的金黄色映入了正从夜幕中现身的雾气，透过正在消散的雾气，天空的蓝色慢慢扩散开了。街上星星点点地显现出早起的人们活动的迹象，每一个行人都格外醒目。往上看，则能看到稀稀拉拉打开着的窗口处，有模糊的人影在活动身体。叮当作响的有轨电车沿着它们悬在半空的那些标了号码的黄色车辙前行。之前空无一人的街道一点点地恢复了人气。

我不动脑筋、不动感情地游荡着，脑中仅存留着一些意识留下的印象。我早早醒来，不带成见地出门来到街上。我恍恍惚惚地观察着街景，像是在做白日梦。我出神地看着街景，如同陷入了沉思。我心中莫名地升腾起了一团轻薄的情感迷雾。身外正在消散的这场雾，似乎正要渗入我的体内。

我意识到，我已经在不经意之间思考起我的人生了。我之前没有注意到这一点，但我现在确实是在思考自己的人生。我觉得，闲逛时的我充其量相当于某些现存形象的投射器，是一张空白的屏幕，现实会把颜色与光线而非阴影投射到我这张屏幕上。

但是，在我没有意识到的情况下，我又不只是自己当下的样子。

我同时也是我自我否定的灵魂，甚至就连我这种抽象的观察也是一种否定。

随着薄雾退去，天色变暗，微弱的光在空中弥漫开来，似乎把薄雾都化掉了。我突然注意到街上嘈杂多了，街上的人也比之前多多了。现在，更多的行人的脚步似乎没那么匆忙了。然后，在别人都已经不太着急赶忙时，又来了一些打破了这种局面的人：精力充沛的卖鱼妇突然出现在了视线中；卖面包的也来了；他们被身上扛着的那大得离谱的面包篮筐弄得左摇右摆。街上的各色商贩表现出了同样的赶集感，只是他们篮筐中等待出售的货物千姿百态，这些货物五颜六色的，比其自身还要出彩。送牛奶的人手中，大小不一的牛奶罐相互撞击着，如同一个个荒谬的空心键。警察一动不动地站在交叉路口，仿佛化身为了文明，对这不可见的、正在醒来的一天抱着一贯的视而不见的态度。

此刻，我无比热切地盼着能够像某些人那样，只从视觉层面去看待这一切——能够像一个刚刚抵达人生旅途表面的成年旅行者那样，去看待一切事物；能够生来就不用去了解那些会给所有这些事物套上预定意义的"常识"；能够接受这些事物自然的自我表达方式，并以这种方式去看待它们，而不是带着对它们的固有印象去看待它们；能够根据那位卖鱼妇作为人的真实样子认出她来，而不是听到有人喊她卖鱼妇后，或是亲眼看到她在那里卖鱼后，才发现她是个卖鱼的；能够像上帝看那位警察一样去看他。能够破天荒地在现实（的真相）被直接披露时就注意到一切事物，而不是在生活的谜团如世界末日来临时被揭示后，才注意到一切事物。

耳边响起了连续的钟声，不用数我也知道，想必已经八点了。我从自我沉睡的状态中被唤醒，意识到自己又度过了一段得到了测量的无聊时光，社会为时间的延续设置了一座回廊、一块容纳抽象事物的边缘地带、一条界定了未知事物的边界线。我发现，之前已经完全从空中退去的（只是在蓝色的天上，此时还残留着一些接近蓝色的雾气）那层薄雾，其实已经渗入了我的内心，并且在那些事物接触过我内心的地方，这层薄雾同样也渗入了相关事物的深处。我在看东西，却看不见它们，我成了睁眼瞎。我开始用司空见惯的常识去理解事物。我见到的不再是现实了，只是生活。

……是的，就是那个我属于它，同时它也属于我的生活，不再是现实了，现实只属于上帝或是它自身，现实中既没有谜团也没有真相，现实还——因为它是真的或假装是真的——始终如一地存在于某处，既不是暂时存在的，也谈不上永远存在着。现实是一种绝对的形象，是一个人内心的所思所想在身外的对等物。

我转过身来慢慢地走着——尽管比我认为的要快——走向那扇将把我带回楼上的我那间出租屋的门。但我没有进去，我犹豫了一下，继续走了起来。菲盖拉广场①上，五彩缤纷的货物博人眼球，前来购物的顾客熙熙攘攘，我的视线被他们挡住了。我慢吞吞地往前挪着，毫无生气，我的视线不再属于我了，它已经什么都算不上了。它沦为了一只人形动物的视线，这只人形动物身不由己地继承了希腊人的文化、罗马人的秩序、基督教的道德，还有其他所有构成文明的虚幻概

---

① 里斯本市中心的几座广场之一，在佩索阿生活的年代，该广场被用作公共集市。

念，而我就在文明中感受与理解事物。

生活哪里去了？

我喜欢待在城里

我喜欢待在乡下，这样才能爱上待在城里的感觉。无论如何我都喜欢待在城里，但是，假如我在乡下，我便加倍地想待在城里了。

回顾人生

人的感觉越是强烈，感受事物的能力越是细微，就会越发荒谬地因为区区小事而发抖。人必须具备非凡的才智才能感受到焦虑，因为这是阴云密布的一天。人本来就不太敏感，不会因为天气感到焦虑，因为天气是一直都有的现象；人不会觉察到雨，除非雨落到人头上。

今天是个朦胧而懒散的日子，天气潮湿且闷热。我独自待在办公室里，回顾着自己的人生。我所看到的仿佛就是今天，就是今天这个令我压抑和痛苦的日子。我把自己看成是一个毫无缘由就感到快乐的孩子，看成是一个满是雄心壮志的少年，看成是一个既不快乐也胸无大志的成年人。所有这一切都发生在朦胧和懒散之际，就像今天这个让我看到或记住它的日子。

在踏上不归路之后再回头看时，我们当中有谁能够说，他是按照正确的方式走上了这条路的呢？

离群索居

由于我知道，最不起眼的事物也可能会非常轻易地折磨到我，因而我便故意避免接触最不起眼的事物。如果一朵云从太阳前面飘过也能让我难过，那么，象征着我的生活的永远阴云密布的黑暗日子，又怎么可能不会令我难过呢？

我之所以离群索居，不是要寻求快乐（我的内心不会明白，如何去感受快乐），也不是要追求安宁（没有人能够得到安宁，除非他从未真正地失去过它），而是为了睡觉，为了消逝，为了委婉地放弃。

我这间有着四堵墙的陋室，转瞬之间就会变成一间牢房、一片旷野、一张床、一口棺材。我什么都不思考、什么都不想要、什么都不梦想的时候，就是我最快乐的时刻。此时的我迷失在懒散中，宛如无意间长出来的植物，就像生长在生活表面的不起眼的青苔。我尽情享受着这种荒谬的感觉——意识到自己什么都不是，预先尝到了死亡与灭绝的滋味——丝毫不觉得苦楚。我从未遇到过我可以称之为"大师"的人。没有人像基督那样为我死过，没有人像佛陀那样给我指点过迷津。在我做过的最为高级的梦里，从未出现过能启迪我灵魂的阿波罗或雅典娜。

被遗忘了的渴望

可是，我恰恰是因为选择了主动流放自己——远离生活的各种行动与目标，以及企图断绝与事物的一切联系，才试图想逃离当前的局面。我既不想感受生活，也不想触摸任何真正的事物；这是因为，我从自己与这世界打交道时所经历的性情变化中已经领悟到，对生活的感受总是会令我痛苦。但是，在把自己隔绝起来、从而避免发生这种接触的过程中，我进一步刺激了自己那已经过于活跃的神经。如果可以完全切断与事物的一切联系，那我的感觉就不会造成任何问题。但是，这种完全隔绝的状态是无法实现的。无论我怎么努力憋气，我仍然是在呼吸的；无论我怎么设法不动，我仍然是在动的。于是，由于我的感觉经过隔绝后变得更加强烈了，我便发现，那些最为细微的事物，那些即便在我看来也曾是完全无害的事物，居然也开始像灾祸那样折磨我了。我选择了错误的逃避方式。我逃离时走的是一条既不舒服又绕道的路线，到头来还是回到了我当初出发的地方。除了住在那里时会体会到的惊恐,我又平添了一份旅途的劳累。我从未将自杀看成是一种解决问题的方法,因为我之所以恨生活正是因为我爱生活。我花了好长时间才完全相信,我自己的生活方式中存在着这么一个不幸的错误。确信有这么一个错误后,我便感到了沮丧——每当我说服自己相信了某事后,总是会产生这样的感觉。因为对我而言,每多了一次确信就意味着又少了一份幻想。

我分析自己的意愿,从而扼杀了它。要是我能够在分析之前就回到童年时代,哪怕是回到我产生意愿之前的那个时期,那该有多好啊!

我的公园全部合在一起后,便成了一片沉睡的死寂,公园里的那些池塘在正午阳光的照耀下水波不兴。此时,昆虫发出的嗡嗡声越来越响,此时压迫着我的生活不像是一种苦恼,倒像是一种持久不退的身体上的疼痛。

远去的官殿、让人陷入忧思的公园、远处那些狭窄的道路、再也无人去坐的那些石板长凳那一去不复返的魅力——消亡的壮丽、逝去的魅力、失去的光辉。哦,我那被遗忘了的渴望啊,要是我能够重新体会到梦见你时的那种悲伤,那该有多好啊!

安　宁

　　终于安宁了。一切类似浮渣与残滓的东西都从我的内心消失了，就好像它们从未出现过。我孤独而平静。此时此刻，从理论上来看，我好像可以皈依一种宗教。但是，尽管位于人间，这世上的任何东西已经不再能吸引我了，与此同时，我也失去了对天上事物的兴趣。我感觉自由了，仿佛我已经不再活着，并且还意识到了这一点。

　　安宁，是的，安宁，巨大的宁静感像某种多余的东西一样，轻柔地落在我身上，沉到我的内心深处。我读过的那些书页，我完成的那些任务，生活中的情感与人生中的起落——所有这一切对我来说都成了模糊的影子，都成了我认不出来的某种宁静之外的一圈难以看清的光晕。我有时会在努力中忘记了自己的灵魂，有时又会在沉思中忘记了所有的行动——此时，我又在努力地沉思了。这样的沉思似乎成了一种不带情感的付出，成了一种毫无价值的空洞虚伪的同情。我所感受到的，不是这温暖且阴云密布的天气。我所感受到的，不是这绵软无力的风，人们几乎感受不到它的存在，这风即便刮到人身上，给人的感受也不比无风时明显多少。我所感受到的，不是这暗淡且斑驳的蓝天那毫无特色的颜色。统统不是这些，因为我没有感受到它们。我看了，却不想看见，我无助地看着。我专注地看着那些不引人注目的事物。我没有觉察到我的内心，只感受到了安宁。所有身外的事物都是那么分明可辨，现在都完全安静下来了——即便它们还在移动。这些身外之物之于我，想必正如世界之于基督——彼时，在撒旦的引诱下，基督正往下看着万物。它们什么都算不上，我能理解，为何基督没有上当。

它们什么都算不上，我又不能理解，为何聪明的老撒旦居然以为它们会具有诱惑力。

一条小溪从被遗忘的树下静静地流过，迅速地把没有被感受到的生活带走了！巨大的树枝落下来，发出了听不到的沙沙声，轻轻地带走了没有觉察到的内心！远处树叶形成的空隙中，我们不知道从哪里射来也不知道又射到哪里去了的朦胧的闪光则毫无用意、漫无目的地带走了什么都没有意识到的那种意识！带走吧，带走吧，让我忘记吧！

对从来都不敢去过的日子发出轻微的感慨，对未能感知到的对象发出沉闷的叹息，对拒绝去想象的对象发出无用的嘀咕，慢慢地走吧，漫不经心地走吧，走入你不得不被卷入的漩涡中吧，走进你注定要陷入的低洼处吧，走入阴影或步入光亮中吧，与世界为伍的兄弟！步入荣耀或落入深渊吧，混乱与暗夜之子！但要记住，在你还没有理解的自己内心的某个角落里，诸神随后也会光顾，他们也会经过这些角落。

梦想的本钱

翻到这里时，不管是谁，只要读过了本书，都会深信不疑地断定我是个梦想家。但他的这个断定将会是错的，因为我缺少可以变成梦想家的那笔钱。

饱含着枯燥的种种莫大的忧郁与伤心，只能存在于一种舒适且真正奢华的气氛当中。这就是为何爱伦·坡笔下的埃加乌斯[①]，那个一连数小时病态般地沉迷在思考中不能自拔的人，会住在一座祖传的古堡中。在那毫无生气的起居室的门外，看不见的男管家们在管理着家务，准备着饭菜。

非凡的梦得有特别的社会身份才能与之相配。一天，我写下的某篇文章中字里行间流露出的那种悲哀的节拍，让我激动地想起了夏多布里昂，但没过多久我就想起来，我并非子爵，甚至都不是布列塔尼[②]人。还有一次，我写下的文字中的某些内容似乎能让人回想起卢梭，同样，没过多久我便意识到，除了不是坐拥一座城堡的那位尊贵的堡主，我也无缘成为一位来自瑞士的漂泊者。

但是，不是还有杜拉多尔街这片天地嘛。在这里，上帝同样做出

[①] 爱伦·坡的短篇小说《贝蕾妮丝》（*Berenice*）中的人物。另：埃德加·爱伦·坡（Edgar Allen Poe，1809—1849年）是美国诗人、小说家和文学评论家。——译者注

[②] 法国西北部的一个半岛，也是行政大区之一，夏多布里昂（见第26页的相应脚注）就出生在布列塔尼大区的伊勒-维莱讷省。——译者注

了这样的保证：生活中的费解之事是无穷无尽的，我的梦境也许是干巴巴没什么看头的，就像是马车和木箱——我就是在马车的车轮和木箱的木板当中陷入梦境的——组成的景观一样，但是，它们就是我所拥有的以及能够拥有的。

那些落日——确切地来说——是在别处的。但是，即便是在这间能够俯瞰整座城市的四楼上的房间里，还是可以去琢磨那无限时空的。这无限的时空里固然有楼下的那些仓库——这是千真万确的，但是也不乏头顶上的那些星星……白日将尽之时，当我从自己房间那高高的窗口往外张望时，就会产生这样的感觉；这种感觉中，既有那种资产阶级式的不满——我并不是这样的资产阶级，也有那种诗人的悲伤——我永远无法成为这样的诗人。

失　眠

夏天的到来让我伤心。夏日明亮但有些刺眼，似乎，这样的夏日应该能安慰得了那些不知道自己是谁的人，但却安慰不了我。我身外的生活无比充实，与之形成强烈鲜明对比的是，我的感觉中有一些东西——我在不知道如何去感受和思考时，感受和思考到的那些东西——却已经死去了，而且永远得不到埋葬。在这个被称为宇宙的无边国度中，我觉得我正活在一个政治暴君的统治下，这个暴君没有直接压迫我,但还是冒犯到了我心中坚守的某些隐秘的原则。于是,我便被一种荒谬的怀旧感慢慢地、悄悄地感染了。在这种怀旧感中,我盼望着能在未来踏上一次不可能实现的逃亡之路。

我最明显的感受就是沉睡。不是那种会在不经意之间让身体得到充分休息的沉睡——这和其他所有的沉睡一样,甚至包括那些由疾病引发的沉睡;也不是那种将要让人遗忘生活、也许还会让人做梦的沉睡,这种沉睡会端着一个大托盘走近我们的内心,托盘上放着对一次郑重承诺的放弃颁发的安慰奖。不!这是一种让人无法入睡的沉睡,它不用合上眼皮,眼皮也能感受到它的沉重。它会令一个持怀疑态度的人把唇角噘成愚蠢笨拙、令人厌恶的样子。这是一种瞌睡,当一个人的灵魂正饱受严重失眠的困扰时,这种瞌睡感会于事无补地填满肉体。

只有当夜幕降临时,我才会感受到一种平静(不是愉快)。由于其他的平静感都令人愉悦,以此类推,这种平静感想必也是令人愉悦的。

随后,我不再感到瞌睡了,而由这瞌睡感带来的那种令人迷糊的精神上的暮色,也开始退去并消散了,直至几乎完全散开。有那么一刻,我似乎燃起了对其他事物的希望。但是,这种希望只是昙花一现。随后而来的是一种无望、无法入睡的冗长乏味感,是从来都睡不着的人感受到的那种令人不快的清醒。透过房间的窗户,我拖着我那可怜不幸的灵魂和疲乏不堪的肉体,盯着那数不清的星星——数不清的星星,什么都没有,虚无,只有数不清的星星……

镜　子

不应当让人有办法看到自己的面孔——再没有比这张脸更邪恶的事物了。自然赐予了人一个礼物，让他无法看到自己的脸，还让他无法盯着自己的眼睛。

只有在河流和池塘的水中，他才能看到自己的脸，而他不得不采取的那个姿势则是象征性的。他得俯下身子弯下腰来，做出那个盯着自己看的难堪动作。

镜子的发明者毒害了人心。

愧　疚

倘若我们久久地生活在抽象中——不管这种抽象是思想本身的还是思想意识方面的——那么不久之后，真实世界中的那些事物便都会完全违背我们自己的情感或意愿，统统变成幻象——即便是那些在我们各自个性的作用下，理应会被我们最为强烈地感受到的事物也不例外。

无论我与某人的友情有多么深厚、多么真诚，他病了的消息或是死了的噩耗，都只能给我留下一种模糊、混沌、沉闷的印象。这种印象会让我感到尴尬。只有在直接接触相关事物和置身于真实的场景中时，我的情感才会被激发出来。我们在凭借想象力活着时，会耗尽自己想象的能力，特别是想象真实事物的能力。由于在精神方面靠不存在和从来不可能存在的事物度日，我们便失去了推敲什么样的事物能够存在这一问题的能力。

今天，我发现自己有一位虽然很久未曾谋面却总是真诚牵挂着——我想，这种牵挂是出于念旧——的老朋友，他刚刚因为准备要动手术住院了。得知这一消息时，我心中产生的唯一清楚而明确的感觉居然是，一想到我不得不去探望他就会生出的那种厌烦，伴随这种感觉产生的还有另一种颇具讽刺意味的感觉：不去探望他并对此感到内疚。

就说这么多……由于我与影子打了太多的交道，我自己便也变成了影子——我的思考对象、感受对象以及我自己都变成了影子。我当下存在的实质成了念旧，成了对我从未成为过的那个普通人的念旧。这种感觉，并且只有这种感觉，才是我所感受到的。我对我的那个将要动手术的朋友真的毫无愧疚感，我对任何一个将要动手术或是在这世上受苦受难、痛苦伤心的人真的毫无愧疚感，我只对不能成为一个能够感到伤心的人感到愧疚。

与此同时，在我不明白的某种力量的驱使之下，我开始无助地思考起了某些别的事物。此时，我就好像是出现了幻觉，看到了每一件我从未能够感受到的事物，或是把树木的簌簌声、水流汇入池塘的潺潺声和一片并不存在的农场混在了一起……我试图去感受，但却再也不知道（应该）如何去感受。我已经沦为了自己的影子，就好像把自己的生存权拱手让给了它。与那部德国小说中的人物彼得·施莱米尔[①]形成对照的是,我没有出卖我的影子,而是把我的真心卖给了魔鬼。我因为没有受苦而受苦,因为不知道如何受苦而受苦。我活着吗?还是说我只是假装活着?我是睡着了还是醒着的?从白昼的热气中冒出了一丝凉风,吹得我忘记了一切。我心情愉快,眼皮发沉……我突然想起来,同样这一轮太阳也正照着我从未去过也不想去的那些场地……这座城市的嘈杂声中出现了一片巨大的宁静……这片宁静多么轻柔啊!但是——如果我能感受到它的话——这片宁静可能还会轻柔许多!……

月　貌

世间根本就找不到这样的全景。

[①] 1814年出版的小说《彼得·施莱米尔的奇妙故事》(*Peter Schlemihls wundersame Geschichte*)中的主人公,作者为阿德尔贝特·冯·沙米索(Adelbert von Chamisso, 1781—1838年)。另:沙米索是生于法国、长于德国,用德语写作的作家与探险家。——译者注

理发师之死

我像往常一样走进了理发店，带着那种进入熟悉地方时的愉悦感轻松自在地进了理发店。新事物会让我感到烦恼，只有身处自己去过的地方时，我才会轻松自在。

我在理发椅上坐好后，就顺便向那个年轻的理发师——他正往我脖子上系着一块干净凉爽的布——打听起平时坐在右边那张椅子上的那个比他大的同事来，此人是一个虽然生了病但精力旺盛的人。我之所以会打听此事，不是因为我觉得自己有义务要问些什么，而是理发店这个地点和我的记忆触发了这个问题。"他昨天去世了。"年轻理发师在我身后用平淡的声音回答道。同时，他也完成了最后一个用手指塞布的动作，那片亚麻布便被垫在了我的衣领和脖子之间。听闻此言，我没来由的整副好心情突然之间就荡然无存了，就像邻座上那个永远消失了的理发师一样。一股寒意扫过了我所有的想法，我什么都没有说。

怀旧！我甚至会对那些对我来说毫无意义的人和事物产生怀旧感，因为在我看来，时间的流逝就是一种极大的痛苦，人生的谜团则是一种折磨。那些在我经常走的街道上常常能看到的面孔——如果我不再看到它们，就会感到悲伤——它们对我而言毫无意义，除了这种意义：它们也许是所有生活的象征。

那个捆着脏兮兮的绑腿、常常在早上九点半从我常走的那条路上穿过的、长相毫无特色的老人……那个会白费力气纠缠我的瘸腿彩票贩子……那个在烟草店门口抽雪茄的微微发福、气色红润的老人……那个脸色苍白的烟草店主……所有这些人都经历了什么？因为我经常能看到他们，他们便成了我生活的一部分。明天，我也要从普拉塔街、杜拉多尔街、方格罗斯上消失了。明天，我也要——我这个会感受会思考、对自己来说就是整个宇宙的人——是的，明天，我也要成为那个不再走在这些街上的人了，别人也会模模糊糊地想起我，问一句："他怎么啦？"我做过的所有事情、我体会到的一切感觉以及我经历过的一切事情，它们统统加在一起后，也抵不过某座城市里人们天天走过的街道上的一个过路者。